KB272747

시교육과 시 읽기 현장

즐거운지식 27

시교육과 시 읽기 현장

지현배 지음

이담 Books

시 교육은 시 읽기에서 출발해야 한다. 좋은 시를 찾아 읽고, 좋은 시를 소개하고, 시를 읽은 경험을 서로 나누는 '자연스러운' 일상의 축적을 통해서 우리는 시의 세계에 눈뜨고, 시가 주는 감흥을 느끼고, 시를 인생의 동반자로 삼을 수 있다. 10여 년의 시 공부를 통해서 얻은 깨달음은, 우리의 삶을 담고 있는 시, 우리가 몸담은 지역이 기반이 되는 시, 온고지신의 깨달음이 있는 시를 우리가 우선 읽어야 한다는 점이다.

오늘날 교육은 문제 해결 능력이나 창의적인 소양을 기르는 데 소극적이다. 평가 역시 이런 능력보다는 '기억'한 양의 다소에 따라서 점수로 산출된다. '생각' 없이 외우기를 강요하는 세태는 마침내 학교별 줄 세우기까지 시행할 태세다. 좋은 문장과 좋은 시가 주는 깨달음의 세계는 읽기의 희열로 피어나서 삶의 에너지로 충전된다. 이들은 지혜로운 삶을 위한 지침이 되고, 가치 있는 인생을 위한 양분이 될 것이다.

이 책은 지은이가 관심 갖고 공부하는 시 교육과 지역문학
에 대한 탐구서이다. 학회지에 발표했던 시에 대한 논문들을
교육과 지역이라는 두 개의 줄기로 묶었다. 제1부에서는 시
교육 현장에서 이루어지는 수업에 대한 반성을 토대로 비주
얼 이미지가 중심이 되는 멀티미디어 환경에 대응하는 방식
을 연구하였다. 유비쿼터스 환경에서도 여전히 유용한 도구
가 될 수 있는 아날로그적인 시 수업 모형을 모색하였다.

제2부에는 대구·경북 지역문학에 대한 글을 실었다. 대
구·경북 지역의 문단과 매체의 특징, 그리고 그것을 통해 발
표된 작품의 내용에 대해 탐구한 결과이다. 1980년대 대안언
론으로서의 대학신문은 지성인의 코드가 담긴 지형도이다.
여기에 실린 시를 통해 당시 지성인에게 요구된 메시지와 시
대적 코드를 밝히고자 했다. 그리고 포항문단의 형성과정과
특징을 정리하면서 지역문학의 가치와 위상에 대해 살폈다.

2009년 겨울

지현배

차례

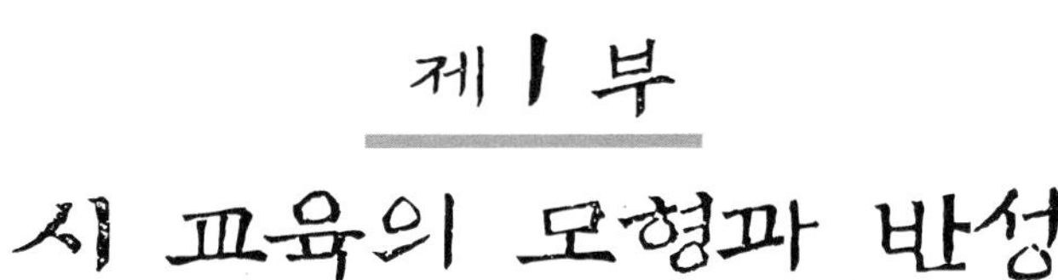

제1부
시 교육의 모형과 반성

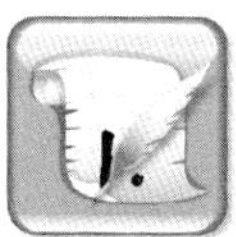

멀티미디어와
시 교육의
가능성

1.1. 멀티미디어와 시각 정보

현대는 멀티미디어로 대변되는 사회이다. 컴퓨터의 출현이 가져온 이러한 삶의 토대의 변화를 학교 교육에서도 적극 수용하는 것이 과제로 대두되었다. 학생들이 도구로서의 미디어 활용 능력을 기르는 것과 교사가 수업에 다양한 미디어를 활용하는 것은 보편적인 현상이 되고 있다. 더 나아가 멀티미디어를 적극 활용하는 것이 곧 교육의 질을 개선하는 것이라는 인식마저 생겨나고 있다.

교육 현장이나 일상생활에서 멀티미디어의 개념은 다양하게 쓰이고 있다. 멀티미디어는 넓은 의미로 보면 소리, 영상, 그림, 문자 등 인간이 의사소통에 사용하는 여러 수단들을 통합시켜 주는 시스템이다. 좁게 보면 소리, 영상 등의 다양한 미디어들을 컴퓨터라는 하나의 매체로 통합한 컴퓨터 시스템을 의미한다. 다수를 의미하는 멀티와 매체를 의미하는 미디어의 통합을 뜻하는 멀티미디어의 핵심은 정보 채널의 통합성과 상호연결성[1]으로 정리할 수 있다.

멀티미디어의 이런 성격은 정보의 내용보다는 소통의 측면이 강조되고 있다고 할 수 있다. 그래서 교사 위주의 수업 시스템이 안고 있는 문제를 개선할 수 있는 방안으로 멀티미디어가 고려되는 것이다. 정보의 흐름이 교사에서 학생으로의 일방이 아닌, 교사와 학생 간의 쌍방향 수업을 실현하는 데 멀티미디어는 핵심적인 기능을 수행할 수 있다. 이를 포함한 여러 가지 이유로 교육현장에서 멀티미디어의 비중이 커져 가고 있고, 그런 영향으로 교육공학의 가치 또한 증가하고 있다.

현재 학계나 교육 현장에서 미디어는 '매체말', '매체' 등의 다양한 용어로, 그리고 각기 다양한 의미로 사용되고 있다.[2] 시 교육을 두고 볼 때에도, 미디어를 통한 시 교육(teaching about poetry through the media)과 미디어로서의 시 교육(teaching about poetry as media)을 구별하기도 한다.[3] 이 글에서는 '멀티미디어'란 용어를 사용하고, 멀티미

---

1) 멀티미디어는 정보를 담고 있는 노드(node)와 정보를 연결하는 링크(link)로 짜인 네트워크(network)를 형성하고 있다.

2) 미디어 교육, 미디어 리터러시, 매체 언어, 생비자, 매체 읽기 등의 다양한 용어들이 쓰이고 있고, 미디어 교육이라고 할 때에도 그것은 미디어 자체에 대한 교육, 미디어를 통한 교육, 미디어를 활용한 교육 등으로 혼용되고 있다.

3) 정현선(2004), 『다매체 시대의 국어교육과 문화교육』, 역락, p.188.

디어를 활용한 경우라고 할 때는 '영상 혹은 영상과 음향을 멀티미디어를 통해 구현하는'이라는 소박한 의미로 사용하기로 한다.

이 글에서의 멀티미디어는, 정현선이 정리한 바를 빌려 표현하자면, '미디어를 통한 시 교육'의 개념에 부합한다. 즉 멀티미디어를 학습의 도구로 활용하는 경우와 미디어 리터러시[4]의 경우에 한정하되, 전자는 주로 교사의 활동과 관련하여, 후자는 주로 학습자의 활동과 관련하여 사용하기로 한다. 따라서 이 글의 논의 과정은 시 교육 현장에서 멀티미디어가 가진 도구적 가치와, '보기(viewing)' 기능으로 대변되는 멀티미디어가 주도하는 학습이 갖는 장단점을 고찰하는 것을 중심에 두게 된다.

1.2. 멀티미디어 시 수업의 사례

교육현장에서 전통적으로 텍스트 중심의 교육이 이루어졌다. 교과서에 집적된 정보는 수업 시간에 교사를 통해서 정리, 요약, 부연되어 펼쳐졌다. 그 과정은 정보의 정확성, 그리고 전달의 효율성이라는 측면이 강조되었다. '보여주

---

4) 문식력, 문해력 등으로 번역되어 쓰이는 리터러시는 미디어가 형성한 현실을 비판적으로 읽어 내면서 미디어를 사용하여 표현해 가는 능력을 일컫는다.

는’ 것은 칠판에 분필로 써 주는 것이 대부분을 차지하였다. 칠판과 궤도는 화이트보드와 OHP의 과정을 거쳐 멀티미디어 환경에서는 파워포인트를 이용한 프레젠테이션으로 대변된다.

이전의 판서능력은 ppt파일을 만드는 능력으로 변모하였고, 플래시를 활용하고 동영상에 음향까지 첨가할 수 있는 능력의 습득이 필요한 시대가 되었다. 분필가루가 배어들던 손가락에게 멀티미디어 환경은 마우스 버튼을 능숙하게 작동할 수 있기를 요구하게 된 것이다. 더불어 문자로 제공되는 정보보다 ‘영상’으로 제공되는 정보에 대한 요구가 더 커져 가고 있다. 멀티미디어는 그것을 가능하게 하는 ‘테크놀로지’를 제공하면서 그 영역을 점점 넓혀 가고 있다.

급속도로 팽창하는 정보의 양과 그것의 소통에 대한 수요는 컴퓨터에 대한 의존도를 높이고, 컴퓨터를 통해서만 가능한 환경으로 변하고 있다. 컴퓨터로 대변되는 ICT는 기존에 존재했던 어떤 미디어보다도 탁월하게 정보 저장, 검색, 분류 작업을 수행하고 있다. 멀티미디어가 가져온 이러한 환경의 변화 앞에서 오늘날 우리의 교육은 정보의 ‘입력·기억·재생’에서 정보의 ‘판단·처리·창조’로 그 목표를 옮아가야 하는 것이다. 이 장에서는 실제 수업에서 멀티미디어를 활용한 두 경우를 살펴보기로 한다. 첫 사례는 고등학교를 갓 졸업한 대학생을 상대로 한 시 감상의 경우이고, 두 번째의 것은 중학생을 대상으로 한 경우이다.

1.2.1. 〈영상〉 활용의 경우

반은 지상에 보이고 반은 천상에 보인다
반은 내가 보고 반은 네가 본다

둘이서 완성하는
하늘의
마음꽃 한 송이

− 이성선, 〈반달〉 전문

① 반달의 의미를 새롭게 해석했다는 점에서 참신하다고 생각한다. 보통 반달을 보면 동요에 나오듯이 하늘에 떠가는 조각배 정도로 생각하기 쉽지만, 이 시의 시인은 빛나는 반쪽은 지금 내가 보고 있고, 어두운 반쪽은 내가 그리워하는 네가 보고 있다고 여기고 있다. 그리고 서로가 그리워하기에 피는 꽃이 반달이라는 표현을 하고 있다(김희용).

② 반달이라는 시는 조금 이해하기 어려운 시였다. 어째서 이렇게 썼을까 생각하려고 아래 해설[5]을 보니 반달의 의미가 자기가 보는 반쪽 달은 지상에서 보는 반달이고 나머지 반쪽 달은 사랑하는 사람이 죽어서 하늘에서 내려다보는 반달이라고 한다. 정말 의미심장하구나라는 생각이 들었다. 그렇게 두 사람이 만든 것이 반달이라니, 정말 독특한 발상이라는 생각도 들었다(구민정).

---

5) 이 시에 대해 정호승 시인이 덧붙인 글은 다음과 같다. "사랑하는 사람을 저세상으로 떠나보내고 그를 그리워하는 일은 하늘을 바라보는 일. 문득 올려다본 하늘에 떠 있는 하얀 반달. 절반은 내가 보고 있는데, 절반은 네가 보고 있겠지. 그리움과 서러움에 한숨지으며 서로 보고 싶어서 피우는 꽃 한 송이. 그것이 바로 달이다. 반달이 보름달이 되는 까닭을 이제야 알겠다."

　위의 ①, ②는 <반달>을 읽고 느낀 점을 적은 학생들의 글이다. 첫 번째 글은 학생들이 시를 읽는 태도를 대표적으로 보여주는 것이다. 시를 붙들고 서서 그것을 자기 감성을 동원해서 자기 느낌으로 소화시키는 것이 아니라, 비켜서서 관찰하고 그 결과를 관찰자의 시점에서 던지듯이 기술해 가는 태도가 그것이다. 두 번째의 글은 자신의 힘으로 자기 눈을 통해 능동적으로 시를 읽기보다는 주어진 해설에 의지해서 지식으로 시를 이해하고 기억하려는 태도를 보여주고 있다. 학교의 교실 수업 현장에서 시를 읽고 시를 알게 된다는 것이 작품 속에 주어진 주제를 간추려서 기억하고, 동원된 수사법을 가려내어 기억하여 적절한 시기에 그 기억을 재생하려는 태도가 고착되어 있는 것이 이런 문장에서 확인된다.

　이들이 이 시를 읽고 관련 내용을 발표할 때 제작한 ppt 파일의 내용은 <그림 1>이다. 이 시는 밤에 하늘에 보이는 '반달'에 대해서 노래하고 있지만, 그것의 외형적인 모습의 특징을 나타내는 데 머무르고 있지 않다. 이 시를 읽고 하늘에 떠 있는 '반달'을 떠올리는 데서 그친다면 그는 이 시를 충분히 이해했다고 할 수 없다. 이 작품에서 우리는 정호승 시인이 지적하고 있는 바와 같이 저 세상으로 떠난 이에 대한 기억을 떠올릴 수 있고, 그것에 따라서 그리움이, 그리고 재회할 수 없는 운명이 자아내는 서러움이,

그리고 그것에서 피어나는 한숨이, 안타까움이, 눈물이 배어 있다.

지상과 천상이라는 관계를 통해서 볼 때, '네'가 바라보는 반은 돌아올 수 없는 다리를 건넌 '천상'에서 바라보는 것이다. 이승에 있는 내가 저승의 다리를 건널 때만 '너'가 있는 그곳에서 만날 수 있다. 그런데 하늘에서 두 마음이 모여 하나의 꽃을 피운다. 그것은 서로 만날 수 없기에 각각 다른 곳에서 반쪽씩 피워내지만, 둘이 모여서 하나로 '완성'할 수 있기에 둘이서 피우는 꽃이 되는 것이다. 이승과 저승을 잇는 다리로서의 반달, 서로의 사랑의 무게가 어느 한 쪽으로 기울지 않아서 반달이고, 죽음으로 끊어진 인연 앞에서도 둘의 약속이 지속되고 있어서 감동적이다. 그 사랑 앞에서 감동하면서 우리는 '나도' 그런 사랑을 꿈꾸게 된다.

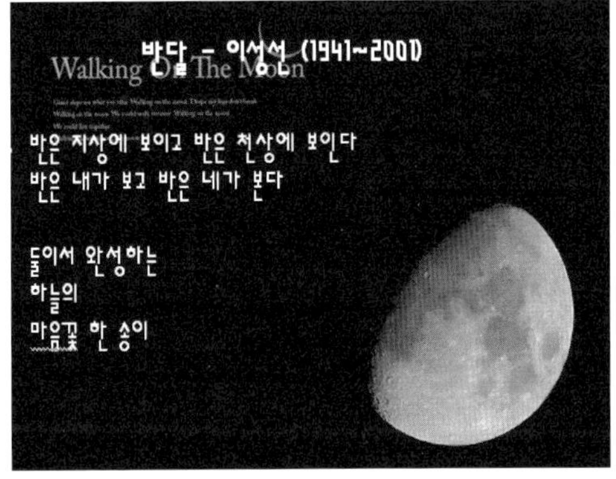

그림 1. <반달>

③ 나는 누군가를 죽도록 애절하게 그리워한 적은 없다. 하지만 이 시는 꼭 애절한 그리움이 아니더라도 상관없을 것 같다. 애절하고 심각하지 않더라도 그저 '보고 싶다'라는 생각만 가지고 있으면 누구나 다 공감할 수 있을 것 같다. 달을 보면서 누군가 나를 떠올려 준다는 것은 정말 고마운 일이다. 오늘 밤에는 꼭 달을 보며 옛 친구를 떠올려 봐야겠다(김미솔).

<반달>이라는 시를 읽고 ③과 같은 생각을 하는 학생이 관련 그림을 고른다면, 위의 <그림 1>과는 다른 것이 선택될 것이다. 그것은 사람과 사람의 '관계'와 관련된 어떤 것으로 표현될 것이다. 우리에게 달은 토끼가 사는 곳, 돛단배가 있는 곳, 지구에서 떠난 우주선이 착륙한 곳 등의 이미지로 존재하지만, 이 시가 환기시키는 달의 이미지는 나와 가장 사적인 '관계'에 있는 사람과의 인연에서 비롯된 실존의 고통, 그리고 그것이 승화되어 피어나는 어떤 눈물겨운 아름다움이다. 학습자들이 여기에 이를 수 있기까지 우리에게는 교육적인 장치들이 요구되는 것이다.

멀티미디어를 떠올릴 때 가장 보편적으로 적용되는 것이 프레젠테이션이다. ppt로 대표되는 이것은 규격화를 통한 획일화, 단순화를 가장 큰 특징으로 한다. 이는 그것이 제작되는 과정에서 정보는 '제거' 혹은 '변형'이라는 필터를 피해 갈 수가 없다는 것을 말해 준다. 그것은 도식화된 시각적 이미지를 통해서 강력한 위력을 발휘하지만, 동시에 정보 왜곡이라는 오명으로부터 자유로울 수 없다. 시의 이

해와 감상을 위해 이 수단을 이용할 경우에 우리가 직면하게 되는 가장 난감한 문제 또한 프레젠테이션이 잉태하고 있는 본질적인 특징이자 한계에 직결되어 있음을 명심할 필요가 있다.

시 수업 현장에서 교수자에 의해 앞의 <그림 1>과 같은 화면이 학습자에게 제공되는 경우, 우리가 예상할 수 있는 부정적인 영향은 더 커질 수밖에 없다. 비주얼 이미지가 지배하는 화면이 학습자들에게 '모범 사례'로 제공되는 것은 교육현장에서 기억 내지 수용을 '강요'할 우려를 낳는다. 이런 감상 혹은 해석은 다양한 해석의 가능성이라는 시의 세계가 피워내는 하모니를 온전히 수용할 수 없을 뿐만 아니라 시에 담긴 정보를 누락 혹은 왜곡시킬 수도 있다. 시가 제공하는 다양하고 풍부한 정보들이 특정한 규격에 의해 제거 혹은 변형되어 학습자에게 제공되고, 그렇게 모습을 드러낸 이미지가 검증된 '지식'으로 포장되고, 이것이 학습자에게 수용되어 영구히 고착될 우려 앞에서 우리는 자유로울 수 없다.

1.2.2. 〈영상＋음향〉 활용의 경우

다음 사례는 중등학교의 시 교육 현장에서 멀티미디어를 활용하는 경우이다.[6] 여기서 교사는 수업 설계 전에 멀티미디어 환경에서의 학습자들의 위치를 점검한다. 학생들은 다양한 미디어의 주된 소비자임을 자처하지만, 실제로 미디어를 읽고 쓰는 능력은 부족한 현실을 진단하고, 주체로서의 자리매김을 위해 미디어 리터러시를 제안하고 있다. 이 글에는 멀티미디어를 활용하여 영상과 음향이 결합된 형태인 영상시를 제작하고 이를 감상·평가하는 수업 과정을 소개한다. 이어 연구자는 교육현장의 시 교육 문제점을 지적하고 미디어의 활용에 관한 의견을 제시한다.

먼저, <미디어 경험 자가진단표> 속 청소년들의 모습은 다음과 같이 정리된다.[7] ① 학생들은 하루의 대부분을 미디어와 함께하지만, 이들의 미디어 경험은 흥미 위주의 콘텐츠 소비에 편향된 경향을 보이고 있다. ② 청소년들은 미디어의 열광적인 소비자이긴 하지만 '기성 미디어 문화' 속에서 '제한적인 창조자'의 자리에 있다. ③ 학생들은 미디어를 통해 남과 다른 자신을 '표현'하고 싶어 하지만, 미디어를 '읽고', '쓰는' 능력이 부족하여 미디어의 홍수 속에서 표류할 수밖에 없다. 황은비는 이런 현실에서 '미디어 리터러시'가 하나의 대안이 될 수 있다고 주장한다.

이 글에 제시된 수업의 절차는 다음과 같이 정리된다. ①

---

6) 이 예는 황은비(2005), 「영상시 제작을 통한 '미디어로서의 시' 교육」, 국어교육연구 37집, 국어교육학회, pp.231－250에 소개된 것이다.
7) 황은비(2005), p.239 참조.

여기서의 영상시는 '완결된 구조의 이야기를 가진 영상시'를 의미한다. ② 수업의 과정은 영상시의 제작과 감상 및 평가로 요약된다. ③ 영상시의 제작은 '시의 선정과 해석 — 장르 전환(영상/음향 제작)'의 과정을 거친다. ④ 영상시 감상은 '상영과 서로의 소감 나누기'의 과정을 거친다. 여기에서도 역시 시의 내용 영역인 정보를 그와 '관계'된 영상과 음향 정보와 결합하여 제시하는 것이 기본 아이디어이다. 여기에서 우리는, 미디어 세대이면서도 미디어의 주류로서 자리하지 못하는 학생들이 주체적인 학습을 수행하는 모형으로 개발된 것이 영상시 제작 모델임을 알 수 있다.

이런 수업 사례를 제시하면서 황은비는 다음과 같이 주장한다. "모든 미디어 교육은 이론의 주입이 아닌 제작과 활용이라는 체험을 통해 완성되는 것이며, 그것은 미디어에 대한 이해가 선행될 때 완전한 모습을 갖추게 된다. 미디어에 대한 이해가 선행된 수업과 미디어의 활용에만 급급한 수업의 차이를 인식해야 한다."[8] 미디어 체험의 중요성을 강조하면서 그것은 미디어에 대한 이해를 바탕으로 진행되어야 함을 역설하고 있다. 이는 다른 곳에서 지적하고 있듯이[9] 교육 현장에 대한 비판적 대안으로서 제시된 것이라고

---

8) 황은비(2005), p.249.

9) 예를 들어, "7차 교육과정에서는 문학의 수용과 창작을 강조한다. 그러나 학교 현장에서는 시를 객관적인 지식의 대상으로 보고 시어의 의미를 분석하고 항목화하는 데 초점을 둔 수업이 여전히 행해지고 있다."는 취지의 주장이 그것이다. 황은

이해할 수 있다.

그러나 위의 논의는 이런 과정을 거쳐서 영상시를 제작하는 경험을 곧 학습자들의 시 감상 능력 혹은 시 창작 능력 향상과 동일선상에 놓을 수는 없다는 점을 중시하지 않는다. 시를 읽고, 그 시에서 그리는 세계에 눈뜬다는 것과 시에서 아이디어를 얻어서 그것을 '완결된 이야기 구조'를 가진 영상물로 창작하는 것은 별개의 것이다. 영상시 제작 과정은 시가 그려내는 확정되지 않은 거대한 세계를 여행하는 과정이 아니라, 멀티미디어와 관련된 기능을 숙달하고, 파워포인트, 플래시 등의 소프트웨어 활용 능력을 기르는 것에 더 가깝다고 하겠다.

다른 동료들의 영상물을 함께 보면서, 같은 작품도 읽는 이의 처지나 생각에 따라 다양한 해석이 가능하다는 사실을 깨달을 수 있다는 것도 문제의 여가 있다. 같은 주제가 주어졌다고 해도, 그것을 제작하는 당사자들에 따라서 영상물의 내용은 각기 다르게 제작될 수밖에 없는 것이다. 영상물의 다양성이라는 결과를 곧장 시에 대한 해석의 다양성이라는 원인으로 연결 짓기에는 무리가 있는 것이다. 이런 논리는 우리를 영상시의 제작 경험은 시 작품을 읽어내는 능력의 향상에 직접적인 영향을 주는 수련과정이 아니라는 결론으로 이끈다.

비(2005), p.243 참조.

실종된 지 일 년 만에 그는 발견되었다. 죽음을 떠난 흰 뼈들은
형태를 고스란히 유지하고 무슨 소리에 귀를 기울이고 있었다. 독극
물이 들어 있던 빈 병에는 바람이 울었다. 사이렌을 울리며 달려온
경찰차가 사내의 유물을 에워싸고 마지막 울음과 비틀어진 웃음을
분리하지 않고 수거했다. 비닐봉투 속에 들어간 증거물들은 무뇌아
처럼 웃었다. 접근금지를 알리는 노란 테이프 안에는 그의 단단한
뼈들이 힘 센 자석처럼 오물거리는 벌레들을 잔뜩 붙여 놓고 굳게
침묵하고 있었다.

– 이영옥, 〈단단한 뼈〉 전문

[감상] 여러 가지 살인사건과 자살 사건들이 머릿속을 훑고 지나
간다. 영화 '살인의 추억'의 배경이었던 화성연쇄살인사건, 현대그룹
정몽준 회장의 자살, 기러기 아빠의 죽음 그리고 지난 학교에서 모
교수의 자살까지. 죽음은 멀리 있었건 가까이 있었건 머릿속에 강하
게 각인되고 가슴을 아프게 한다(김현경).

위의 시를 읽은 학생이 시 아래의 [감상]과 같은 생각을
하게 되었고, 그것을 토대로 완결된 이야기구조를 가진 영
상시를 만든다면, <살인의 추억>, <화성 살인 사건>, 최
근의 사회적 이슈가 된 <죽음의 현장> 등이 연속적으로
그려지는 구조를 가질 것이다. 실제로 이 학생이 속한 조에
서 발표한 ppt파일의 그림은 제시된 <그림 2>이다. 그러
나 위의 시는 죽음 현장의 비참함을 그리고 있는 것이 아
니다. 읽는 이들이 그것에 머물러 있어서는 혹은 주검에 잔
뜩 붙어 있는 벌레들에 고정되어 있어서는 제대로 시를 이
해했다고 할 수 없다. 불행이라는 옷을 껴입고 살아가는 현

대사회의 모습을 담담하게 그려내고 있는 시에서 주검들의 잔치를 벌이는 것은 시를 읽어 내는 안목을 기르는 시 교육의 목표에 제대로 접근했다고 할 수 없는 것이다.

그림 2. <단단한 뼈>의 배경 그림

앞서 지적하였듯이, 시를 감상하는 것은 지식이나 기술을 익히는 것과 구별되어야 한다. 자신의 선경험을 바탕으로 상상력을 발휘해 문학을 능동적으로 체험하고, 그것을 자기의 말로 풀어내는 것이 중요하다. 작품이 머금고 있는 향기, 작품이 인도하는 광활한 미지의 세계를 향한 창을 열지 못하는 상태에서 쏟아져 나오는 영상물과 배경음악들에 대해 의미 있는 평가를 내릴 수는 없는 것이다. 그리고 작품에 대한 동료들의 생각과 느낌을 자신의 것과 비교하는 과정이 의미를 갖기 위해서는, 학습자 개개인의 능동적이고 창조적인 문학 경험이라는 기반이 충족되어야 하는 것이다. 우리가 살핀 수업의 사례들은 이런 점에서 허점을 드러내고 있다.

1.3. 멀티미디어 시 교육을 위한 제언

문학 교육의 목표는 학습자의 상상력과 감수성을 기르고 인간에 대한 이해의 폭을 넓히는 데 있다. 시 교육에 활용되는 매체도 이런 목표에 부합하여야 그것의 유용성을 인정받을 수 있다. 멀티미디어의 대표적인 특징인 '시각적 영상(visual image)'은 선명하고 구체적인 이미지를 구현할 수 있는 장점이 있다. 그러나 바로 이 특징이 학습자들의 자유로운 상상력을 저해하는 정보 '주입'적 성향을 드러낸다. 이 점은 학습자가 중심이 되는 교육을 어렵게 하는 요인이기도 하다.

학교 교육에서 멀티미디어는 수업에 활용할 수 있는 유용한 도구이다. 그러나 문학교육, 특히 시 교육에서는 이것이 가지는 부정적인 영향을 방지할 수 있는 방법에 대한 탐구가 필요하다. 다양한 정보를 자유롭게 소통하기 위한 미디어가 가공된 정보를 주입하는 도구가 되어서는 안 된다. 교실에서의 시 교육에서 상상력과 감수성을 신장시킬 수 있는 환경을 만드는 것이 중요하다. 멀티미디어도 시 교육의 목표에 부합할 수 있는 방향으로 활용 방안을 개발해 나가야 한다.

문학 교육이 학습자의 어떤 능력을 향상시키는 데 기여하는지에 대한 질문은 시 교육에도 그대로 연결될 수 있다. 시 읽기는 시가 담고 있는 내용을 파악하는 것으로 시작한다. 여기에는 시적 감수성, 시에 사용된 독특한 수사에 대한 이해력, 몸담고 있는 세계와의 관계를 파악하는 안목, 기존에 존재하는 텍스트와의 관련성에 대한 지식 등이 다양한 경로와 양태로 결합하여 복합적인 작용을 하게 된다. 이런 읽기의 결과로 우리는 시의 주제에 접근하게 되고 시어가 풍겨내는 아름다움을 체험하게 되는 것이다.

1.3.1. 〈정보·소통〉의 측면

시를 읽어가는 과정은 정보적 측면과 소통적 측면이 두 축을 이루게 된다. 정보적 측면은 시가 담고 있는 주제, 시에 녹아 있는 지식, 시어들이 내포하고 있는 갖가지 내용들이 모두 포함되는 개념이다. 이것을 보물찾기를 하는 것처럼 혹은 블록을 맞추는 것처럼, 찾아내고 관계있는 것끼리 서로 엮어서 밀도를 더하는 과정이 시의 본령에 점점 다가가는 과정이다. 시에서 발견하는 정보에 공감 혹은 감동을 하고 그것을 내면화시키는 과정을 거치는 동안 정보적 측면은 소통의 측면과 연결된다.

소통의 측면은 작가와 독자가 작품을 매개로 하여 서로의 생각을 나누는 것을 포함하여 다양한 양태로 존재한다. 특히 수업의 장에서는 그 개념이 더 확장된다. 교사와 학생 사이의 물리적 소통에 내재되는 정보의 흐름, 학생의 선경험[10]과 시 읽기 학습 과정에서 일어나는 새로운 경험과의 소통,[11] 이성과 감성 사이 또는 지적 영역과 감수성 사이의 소통 등이 존재하게 된다. 뿐만 아니라 시를 그림이나 음악으로 바꾸는 것 혹은 시를 소설이나 다른 장르로 바꾸어 보는 것 등 매체 간 또는 장르 간의 변환 경험도 소통적 측면에 포함된다.

정보적 측면과 소통의 측면으로 정리할 수 있는 시 교육의 과정에서 우리의 관심은 다시, 멀티미디어가 시 교육의 매체로서 얼마나 적절히 교육의 목적달성에 기여할 수 있는가로 돌아온다. 멀티미디어를 활용한 수업은 정보와 소통의 면에서 볼 때, 소통의 측면에서 더 경쟁력을 가질 수 있다.[12] 전통적 교육의 구조에서 작가와 독자, 교사와 학생

---

10) 이는 수용미학자들이 사용하는 개념으로는 '기대지평'이 될 수 있다.

11) 이에 대해 '지평의 전환'이라는 용어를 쓰기도 한다.

12) 인터넷 카페, 블로그 등이 일반화된 소통의 장이며, 하이퍼텍스트와 관련하여 새롭게 등장한 팬포엠(fanpoem)이 시창작과 관련하여 대표적인 예가 될 수 있다. 각각의 시들이 독립된 작품이면서 동시에 하이퍼텍스트 방식으로 연결된 연작시의 성격을 띠는 것이 그것이다. http://www.fanpoem.co.kr 참조.

등의 관계는 일회적, 일방적인 정보의 흐름이라는 한계를 가진다. 멀티미디어는 쌍방향 소통과 반복형 혹은 맞춤형 모델을 제공할 수 있는 점에서 전통적 매체가 가진 한계를 개선하는 역할을 할 수 있다.

소통의 측면에서 멀티미디어는 쌍방향 정보의 교류, 시공의 한계 극복, 무한 반복, 정보량의 확대 등에서 긍정적인 측면으로 작용한다. 그러나 미적 감수성, 상상력, 사고력, 논리력 향상 등 시 교육과정에서 필수적으로 거론되어야 하는 항목들에 대해서 멀티미디어는 한계를 노출시킬 수밖에 없다. 이것은 '시각적 영상 중심'이라는 멀티미디어의 대표적인 특징이 교육현장에 적용될 때 드러나는 태생적 한계이기도 하다.

시각적 영상은 강력한 이미지와 강한 흡인력, 잔영효과를 특징으로 한다. 이런 특징은 다양한 정보들의 공존이라는 틀을 붕괴시킨다. 새로운 가능성에 대한 여지를 줄임으로써 다양한 정보의 유입을 봉쇄하고, 나아가 여러 정보들 사이에서 균형감각을 유지할 토대를 훼손한다. 이는 일방적 소통의 효과를 극대화할 수 있지만,[13] '일방적 소통'은 교육 현장에서는 약점으로 작용하는 것이기도 하다. 또한 정보적 측면에서도 다양한 가능성을 보장하지 못하는 구조는

---

13) 이는 제품 설명, 정책 홍보 등 일방적 주입을 필요로 하는 상황에서는 효과적으로 작용한다.

문학 교육의 목적, 나아가 인간과 세계의 이해에 주목하는 인문학의 가치[14]를 훼손한다.

교실 수업에서 교사들에게 가장 보편적으로 활용되는 슬라이드 쇼는, 프로그램이 요구하는 형식에 적합하게 가공하는 과정에서 정보의 획일성과 규격성을 강요받게 된다. 시가 담고 있는 정보나 그것을 읽어내는 과정에서 필요한 것은 다양한 모양과 향기로 존재하는 비균질성을 특징으로 한다. 그러나 슬라이드로 제작하는 과정에서 모든 슬라이드는 정보의 양과 형식면에서 규격화된다. 이것은 앞서 지적했듯이, 정보의 누락 혹은 일정부분 왜곡이라는 말로 대치될 수 있다.

시로 다시 돌아가 보면, 시란 무엇인가, 신문에 실리는 기사와 다른 점은, 주식 정보나 제품설명서와 다른 점은 무엇인가, 하는 점에 대한 검토가 필요하다. 멀티미디어의 단짝 비주얼 언어는 강력한 영향력을 발휘한다. 비주얼 언어 앞에서 인간의 뇌는 마치 '스펀지'처럼 반응하는 것으로 알려져 있다. 스펀지와 같은 상태에서 뇌는 그것이 보여주는 바를 그대로 흡수한다. 궁리하고 견주어서 판단할 여유를 갖지 못하는 것이다.[15] 사고할 여유가 없는 수업 환경 속

---

14) 정대현 외(2000), 『표현인문학』, 생각의 나무, pp.5 - 6 참조.
15) 슬라이드의 평균 노출 시간은 8초로 알려져 있다. 8초 후에는 동일한 형식으로 가공된 새로운 정보가 등장한다.

에서 지속적으로 제공되는 정보는 수요자에게 '주입'하는 정보이다. 이것은 시 교육은 무엇을 위해 행해지는가 하는 질문에 제대로 답할 수 없다. 이에 대한 해답은 시의 본질적 가치에 역행, 도전, 훼손이라는 것으로 돌아온다. 이는 곧 시에 대한 온전한 이해의 길에 장애가 됨을 말한다.

이런 점에서 보면, 멀티미디어는 상상력과 미적 감수성을 핵심으로 하는 문학 수업의 적합한 환경이라고 할 수 없다. 육체에 필수적인 영양을 공급하기 위한 식사는 눈으로 고를 여유, 씹는 과정, 소화시킬 시간이 주어져야 한다. 그것 없이 입속에 넣기만을 지속하는 것은 소화불량과 소화기 계통 장기의 이상, 비만, 건강 악화의 결과를 낳을 수밖에 없다. 문학 수업에서의 슬라이드 쇼가 시 수업 본래의 목적을 달성하기 위해서는 정보와 소통이라는 측면에서 더 섬세한 배려와 노력을 필요하며, 많은 과제를 해결해야만 한다는 점이 지적되어야 한다.

ICT가 의미하는바, 곧 정보와 소통을 위한 기술은 '소통'이라는 측면에서 볼 때, 자유의사와 민주적 절차라는 핵심적인 가치를 훼손하게 된다. 슬라이드 쇼는 온전한 소통이 이루어질 수 없는 환경이다. 그것은 공급자 입장에서 선택되고 구성되어 일정한 형식으로 가공된 정보를 수요자에게 '주입'하는 것이다. 소통할 수 없는 환경에서 자유 의지는 말살되고, 민주적 절차가 제약되는 상황에서 이루어지는 수

업에서 학습자는 단순 수용자의 지위를 벗어날 수 없다. 이
것은 수요자 중심이라는 7차 교육과정의 교육 이념에 정면
으로 배치되는 것이기도 하다.

1.3.2. 〈숨바꼭질〉 현상

문학은 다양한 해석의 가능성에 열려 있다. 이것은 문학
이 갖는 본질적인 특징 중에 하나로서 시도 이런 특징에서
예외일 수 없다. 좋은 시에는 여러 층의 의미 덩어리가 존
재하고, 그것은 서로 긴밀히 연결되어 있는 실체이다. 우리
가 시를 읽는다고 하는 것은, 활성화되지 않은 상태로 시
작품에 존재하는 여러 미적인 요소들을 활성화시켜서 세계
밖으로 내보내는 작업이다. 말하자면 의미의 껍질을 벗겨
내는 일련의 과정이라고 할 수 있다.

시가 다양한 해석의 가능성에 열려 있으면서 동시에 그
것은 하나를 여러 갈래로 표현하는 것이 가능하다. 작품을
이루는 여러 요소들은 각기 다양한 위치에서 다양한 양태
로 존재하고, 요소들이 각기 맺는 관계에 따라 새로운 형식
과 내용을 창조해 낸다. 그래서 시는 보이지는 않지만 존재
하며, 만져지지 않지만 존재하는 실체들의 결합체이다. 우
리가 주의 깊게 귀 기울이지 않으면 들리지 않는 소리도
그 속에는 수없이 많이 존재한다. 시 교육은 학습자가 이런

보이지 않고 들리지 않는 것의 실체를 발견해 내고, 느낄 수 있는 감수성을 기르고, 그것을 구체적으로 표현해 내는 능력을 기르는 것에 충실히 봉사해야 하는 것이다.

우리가 멀티미디어를 통해서 시에 다가가는 것은 마치 숨바꼭질과 같다. 소리가 나서 돌아보면 금방 있었던 사람이 보이지 않는다. 다시 고개를 돌리면 보일 것 같지만, 어느 경우에나 전체의 모습을 한꺼번에 볼 수는 없다. 숨바꼭질에서 술래는 숨는 사람들의 움직임을 다 볼 수 없다. 가시적 현상밖에 볼 수 없으며, 숨어 있는 것은 보기 힘들다. 그것은 늘 부분으로 존재하며, 그 파편들을 조합하는 과정을 통해서 본질에 접근할 수는 없다. 시의 구조는 늘 유기적으로 생동하는 실체이기 때문이다. 멀티미디어의 한계는 곧 아날로그에 대한 디지털의 한계이기도 하다.

멀티미디어의 본질적인 특징이 '보여주기 중심'이라고 한다면, 이것은 살아 숨 쉬는 실체를 표현할 때에도 한계를 보일 수밖에 없다. 마음속의 흐느끼는 소리를 언어로 표현해야 하는데, 가시적 부분에서만 표현 가능한 것은 표현의 한계이고, 이는 해석의 한계로 귀결될 수밖에 없다. 예를 들어 "숨막힌다"라는 마음속의 소리를 멀티미디어의 보여주기 특기를 발휘한다면, <!>으로 표현할 수 있다. 이 표현은 보는 이 각각의 마음속에 다양하게 자기 생각을 불러일으킬 수는 있지만, 글쓴이의 의도는 제대로 전달되지 않는다.

　멀티미디어를 통한 교육은 전광판 불이 반짝이는 것과 같은 것이기도 하다. 불 반짝이는 신호체계가 '적색/황색/청색'으로 표시되는 것이다. 이는 앞서 살핀 다양한 해석의 가능성을 제약하는 정보적 측면에서뿐만 아니라, 소통의 측면에서도 그러하다는 점을 지적하는 것이다. 강조되는 특정한 메시지를 제외하고는 나이트클럽 불빛처럼 현란함을 주는 것과 같다. 불빛을 발하며 혼자 비추는 것과 다를 바 없는 소통의 한계에 직면하는 것이다. 소통이 원활하지 않을 때, 각 신호체계가 무너지면 혼란이 발생한다. 미리 정해진 의미를 공유할 때는 소통의 기능을 하지만, 그것이 무너지면 큰 혼란이 발생한다. 이런 점에서 멀티미디어의 역기능은 신호체계와 같다.

　① "옆집 개가 짖는다." ② "우리집 개가 따라 짖는다." 라는 두 문장은 세계의 현상을 표현하는 일상적 표현이다. ①과 ②는 하나의 의미를 지닌 비교적 정확한 표현이지만, ①＋②를 하게 되면, 이것은 시적 표현을 가미하는 것이다. ①이나 ②의 문장은 누구나 부려 쓸 수 있는 이점이 있지만, ①＋②는 누구나 부려 쓸 수 있는 것도 아니고, 이것이 동일한 의미로 소통되지도 않는다. ①과 ②는 결합되는 순간, 본래의 것과는 전혀 다른 차원의 문장이 되는 것이다. 두 문장의 관계 맺음은 새로운 의미와 형식을 만들어 내면서 새로운 세계를 창조하는 것이다. ①과 ②를 대변하

던 영상이 ①+②에서 단순 결합으로 그 역할을 다할 수 없는 것은 이 때문이다.

문학은 사고력을 기르고, 사고 체계를 잡고, 사고의 폭을 넓히는 것이다. 외양에서 본질 영역에 이르기까지 같이 호흡할 수 있어야 한다. "길 건너 소가 우리 안에서 '음매' 하고 어미를 찾는다."는 문장 앞에서 우리는 각자 우는 소와 그 소리를 연상하는 것이 가능하다. 또한 길 건너의 풍경과 소, 우리의 모습과 그것들의 위치를 그려 낼 수 있을 뿐만 아니라, 그 소리가 들려주는 무궁무진한 이야기를 가슴에 파도처럼 새길 수 있는 것이다. 문학의 본령은 이렇게 자유로운 상상을 자산으로 하여 여러 갈래로의 표현이 실현된다.

멀티미디어가 갖는 본질적인 한계는 바로 이것과도 연결된다. '소의 소리가 들려주는 이야기의 세계를 어떻게 보여 줄 수 있을 것인가?' 기존의 ppt파일로 위의 시를 보여주는 방법은 소가 등장하는 시골 풍경이다. 그 소의 울음소리는 한가로움을 깨우는 소리일 수도 있고, 배고픔의 소리일 수도, 반가움이나 그리움의 소리일 수도 있지만, 산을 울리는 크나큰 한의 소리일 수도 있다. 끝없이 확장되어 가는 의미와 소리의 울림을 ppt파일에 등장하는 영상으로 담아내기에는 한계를 보일 수밖에 없는 것이다.

이런 소리를 슬라이드에 담는 과정은 새로운 해석의 가능성을 열면서 시의 정보 영역을 확장하는 과정이 될 수 없다. 또한 시의 형식이 보여주는 색다른 시도에 대한 의미 부여 행위로 나아갈 수도 없다. 그 과정은 축약과 재단으로 대변되는 형식화의 과정이다. "고장 난 시계가 따르릉거리며 울린다."고밖에 표현할 수 없는 것이 멀티미디어이다. "길 건너 황소가 우리 안에서 음매 운다."라는 표현을 멀티미디어가 담아낼 수 없다. 온전히 담을 수 없으므로 전달자로서의 능력을 발휘할 수도 없는 것이다.

한때 유행한 적이 있는 '사오정'이라는 말이 있다. 동문서답형 인물 혹은 동문서답 자체를 일컫는 말이다. 멀티미디어 기능을 이용한 교육은 복잡한 현실을 단순화시키는 역할은 하지만, 벌거벗은 문학을 탄생시킬 수 있다. 방송이나 신문 등의 미디어를 통해 정확한 정보를 소통하는 과정을 통해 구성원의 공감대를 형성할 수 있다. 이해력과 분석력의 가치는 그 구성원이 속한 사회의 문화 수준을 가늠케 한다. 시인의 머리는 늘 비료를 지고 밭을 매고 빛을 받고 숨 막히는 사고 능력을 발휘해야 하는데, 미디어는 잘만 하면 여자를 남자로 만들 수도 있다. 여자를 남자로 만드는 것은 특출한 일이지만, 역으로 생각하면 순리를 그르치는 행위가 될 수 있다.

시에서 점 하나가 물결 같은 운율을 생성해 내기도 하고, 때로는 감탄사로도 표현된다. 점 하나에 시가 울기도 하고 웃기도 하는 것이다. 그래서 시 공부는 점 하나에서부터도 시작된다. 점을 어디에 어떻게 찍느냐, 줄임표를 어떻게 쓰느냐에 따라서도 시를 성공작으로 혹은 실패작으로 만들 수도 있다. 작은 점 하나지만, 깊은 경지에서 논할 때 그 의미는 적지 않다. 멀티미디어의 경우 표준 맞춤법의 틀에 의해 그 자리에 들어가게 된다. 시에서 점은 허공과 같은 위치에 있는 것으로, 가름할 수 없을 정도로 큰 원의 세계와 같은 것이다. 멀티미디어는 문학의 이러한 중요한 기본을 훼손한다.

멀티미디어 주도의 문학 수업을 진행할 때 피할 수 없는 문제 중의 하나가 ① "아주머니가 방에 들어간다." : "아주머니 가방에 들어간다.", ② "꼭 신들린 사람처럼 보인다." : "가만히 보니 신명이 들린 사람 같다."에서와 같은 이치로 본질을 왜곡시킬 수 있다는 점이다. 이는 슬라이드의 제작 과정에서는 물론이고 교실 수업에서의 실연과정에서도 일어날 수 있는 일이다. 전통적인 방법에 의지하는 경우보다 훨씬 더 자주 일어날 수 있으며, 오류의 진단과 교정의 기회는 제한적으로 적용될 수 있다.

1.4. 상상력이 살아 있는 환경

현대는 멀티미디어 사회이다. 학교 교육에서도 학생들이

도구로서의 미디어 활용 능력을 기르는 것과 교사가 수업에 다양한 미디어를 활용하는 것이 필수적인 것으로 인식되고 있다. 멀티미디어의 다양한 기능 중에서 수업에서 중요한 비중을 차지하는 것은 '보기(viewing)' 기능이다. 앞의 논의에서 시 교육에 멀티미디어가 활용되는 대표적인 두 경우에 대한 검토를 바탕으로 하여, 영상 중심의 멀티미디어가 시 교육에 적용될 때 일어날 수 있는 현상을 중심으로 살폈다.

문학 교육의 목표는 학습자의 상상력과 감수성을 기르고 인간에 대한 이해의 폭을 넓히는 데 있다. 시 교육에서도 이런 목표를 중시하는 입장에서 보면, 멀티미디어의 대표적인 특징인 '시각적 영상(visual image)'은 학습자들의 자유로운 상상력을 저해하는 정보 '주입'적 성향이라는 굴레에서 자유로울 수 없다. 멀티미디어가 가진, 선명하고 구체적인 이미지를 구현할 수 있는 큰 장점에도 불구하고, 바로 이 특징이 학습자가 중심이 되는 교육을 어렵게 하는 요인으로 작용하고 있음이 드러났다.

학교 교육에서 멀티미디어는 수업에 활용할 수 있는 유용한 도구임은 부정할 수 없다. 다양한 정보를 자유롭게 소통하는 데 큰 장점을 가진 미디어가, 쌍방향 소통을 가능하게 하는 메신저가 아닌, 가공된 정보를 주입하는 도구가 될 수 있는 현실을 우리는 파악하였다. 따라서 멀티미디어 주도의 교실에서 이루어지는 시 수업에도 상상력과 감수성을 신장시킬 수 있는 환경을 만드는 것이 중요하다. 멀티미디어도 시 교육의 목표에 부합할 수 있는 방향으로 활용 방안을 개발해야 하는 과제가 주어진 것이다.

고등학교 교과의
현대시 교육
현장[16]

2.1. 현대시 교육의 위축

문학 교육은 문학작품을 바르게 이해하고 감상하는 능력을 길러 풍부하고 다양한 문학적 체험을 확장하게 하며, 이를 통하여 미적 인식력과 인간과 인간의 삶에 대한 통찰력을 길러 바람직한 인간을 형성하는 것을 목적으로 삼는다.[17] 제도 교육 영역에서 소설 교육과 함께 문학 교육의 중심을 이루고 있는 시 교육도 이를 위해 중요한 역할을 담당하고 있다. 특히 현대시 교육은 인간과 인간의 삶에 대한 진지한 탐색을 통하여 물질만능주의에서 배태되는 인간 소외 현상을 극복할 수 있는 삶의 진정성을 확보할 수 있게 해 준다. 뿐만 아니라 시 교육은 고도의 압축과 생략에서 우러나오는 창조적 상상력을 길러줌으로써 21세기 정보

---

16) 이 글은 전병렬(오상고등학교 교사)과 공동 연구한 것이다.

17) 최운식 외(1986), 『문학교육론』, 집문당, p.16.

화 사회에서 요구되는 창의적인 인간 육성에 크게 이바지
할 수 있다.

시 교육이 갖는 이런 중요성을 감안할 때, 현행 국어과
에서의 시 교육이 양적·질적 면에서 본연의 목적을 달성
하기에는 구조적인 한계를 가지고 있다. 4차 교육 과정 이
후 문학 교육의 강화로 문학 과목이 국어과 교육에서 독립
된 영역으로 자리매김하였다. 문학 교과서의 독립은 문학
교육이 보다 강화되는 방향으로 나아가기보다는 '선택'에서
제외되는 경우 오히려 문학교육의 기회는 줄어들게 되었고,
나아가 1994년도부터 실시된 대학수학능력시험에서는 교과
서 밖의 낯선 시가 출제됨으로써 국어 교과서를 통한 현대
시 교육은 학습자들에게 외면당하는 소외 현상마저 보여주
고 있는 실정이다.

또한 5차 교육과정 이후 하나의 흐름으로 자리 잡고 있
는 '언어사용기능' 중심의 교육과정이 학생 중심의 교육과
정이라는 담론에 힘입어 언어의 실제성과 현장성을 강조하
고 있다. 이러한 추세로 인해 국어과 내용의 한 영역을 차
지하고 있는 문학은 점차 그 설 자리를 잃어가고 있다. 그
중에서도 특히 시는 기능주의적인 교육 목표로 인해 국어
과 교육에서 차지하는 비중이 점차 줄어들고 있어 학생들
의 전인적인 성장을 고려할 때 문제가 심각하다고 할 수
있다.[18]

현행 7차 교육과정의 국어과 교육에서 현대시 교육은 두 차원에서 실시되고 있다. 하나는 국민 공통 기본 교육과정의 차원에서 국어 교과서를 통하여 이루어지고 있고, 다른 하나는 선택 중심 교육과정의 심화 선택 차원에서 고등학교 나름의 전문적 수준으로 문학 교과서를 통하여 행해지고 있다. 전자는 과정별이나 계열별에 상관없이 국민 공통 기본 교육과정의 완성 단계인 10학년에서 모두 이수하도록 편제되어 있고, 후자는 과정별이나 계열별에 따라 선택하도록 설계되어 있다. 공급자 중심의 획일성을 극복하고 수요자의 요구와 환경에 맞는 다양성을 염두에 둔 이런 의도는 실제 교육 현장에서는 심각한 왜곡이 이루어지고 있다.

실제로 대부분의 실업계 고등학교나 외국어 고등학교와 과학 고등학교와 같은 특수 목적 고등학교에서는 교육과정 편제상 문학 과목을 선택하기가 용이하지 않다. 심지어 인문·사회 집중과정에서조차 이론상으로는 문학 과목을 선택하지 않을 수도 있다.[19] 곧 일부 학습자들만이 문학 교과서를 통해 현대시 교육의 기회를 가질 수 있고, 상당수의 학습자들에게는 10학년에서 국어 교과서를 통해 이루어지는 현대시 교육이 과정별이나 계열별로는 고등학교 문학

---

18) 김영숙(2003), 「고등학교 국어 교과서 현대시의 통시적 고찰」, 한국교원대학교 석사학위논문, pp.9－10.

19) 교육인적자원부(2001), 『고등학교 교육과정 편성·운영 자료(1) 학교 교육과정 편성·운용의 실제』, 교육인적자원부, pp.137－162.

교육의 한 축인 현대시 교육을 완성하는 단계가 될 수도 있는 것이다.

이런 현실적 상황을 감안한다면 보통 시민 교육으로서의 현대시 교육은 국어 교과서를 통해 이루어져야 한다. 문학 교과를 통한 현대시 교육의 기회가 다수의 학생에게 원천적으로 봉쇄되어 있는 것이 현실이라면, 그리고 시 교육이 보통 시민에게 필요한 정서적·문학적 소양에서 빼놓을 수 없는 것이라는 전제가 가능하다면, 고등학교 교과 과정에서 현대시 교육은 문학 등을 통한 선택의 영역을 통해서 소기의 목적을 달성할 수 없다. 국어 교과서를 통한 현대시 교육의 강화가 절실히 요청되는 것은 이 때문이다.

이에 본고에서는 현대시 교육의 위축이 본격화되기 시작한 5차 교육과정부터 7차 교육과정까지의 국어 교과서와 교사용 지도서를 토대로 국어 교과서를 통한 현대시 교육을 양적인 면과 교수학습의 내용 측면에서 분석하여 현대시 교육의 실상을 밝히고, 그 개선 방향을 제시하고자 한다. 이러한 작업은 국어 교과서를 통한 현대시 교육의 위상 정립과 지도 방법론을 확립하는 데 기본 자료로서 가치가 있을 뿐만 아니라 나아가 국어과 교육과 문학 교육의 위상 정립, 국어과 교육과정의 내용 설계 및 교수·학습 방법 연구에도 도움이 될 수 있다.

이전 연구자들에 의해서 현대시 교육에 관한 다양한 논의들이 진행되어 왔다. 본고의 논의를 위해 주로 검토한 자료들은 아래의 것들이 있다. 국어 교과서 및 교육과정을 대상으로 한 연구에는 교육과정기별로 국어 교과서에 수록된 현대시 작품을 통시적으로 고찰한 이정민[20]과 김영숙[21]과 안병관[22] 등을 들 수 있다. 현대시 지도의 실태와 방안에 관한 연구로는 최연대[23]와 김매식[24] 등이 있으며, 그 외 연구물로는 시조 문학 교육을 통시적으로 연구한 김선배[25]와 소설 교육을 사적으로 고찰한 최현섭[26] 등을 꼽을 수 있다.

현대시 교육에 대한 선행 연구를 검토한 결과 현대시 제재에 대한 역사적 고찰과 지도 실태 및 방안을 모색한 연구가 주를 이루고 있음을 알 수 있다. 따라서 시기별 교육과정과 교과서, 교사용 지도서를 토대로 현대시 교육의 실상을 질적·양적인 측면에서 분석하고, 이를 통해 현대시 교육의 위상 정립에 대한 논의를 구체적으로 수행한 논문

---

20) 이정민(1998), 「고등학교 국어교과서에 수록된 현대시연구」, 순천향대학교 석사학위논문.
21) 김영숙(2003), 「고등학교 국어 교과서 현대시의 통시적 고찰」, 한국교원대학교 석사학위논문.
22) 안병관(1989), 「중·고 국어교과서에 수록된 현대시의 변천 연구」, 경북대학교 석사학위논문.
23) 최연대(2002), 「7차 교육과정 고등학교 교과서의 현대시 지도방안에 관한 연구」, 울산대학교 석사학위논문.
24) 김매식(2004), 「고등학교국어(상) 교과서 수록 문학작품 선정 기준 개선 방향 연구 - 7차 교육과정 시 작품을 중심으로」, 여수대학교 석사학위논문.
25) 김선배(1998), 『시조 문학 교육의 통시적 연구』, 도서출판 박이정.
26) 최현섭(1988), 「소설 교육의 사적 고찰」, 성균관대학교 석사학위논문.

은 아직 없다는 것을 확인할 수 있었다. 시 교육 내용을 파악하기 위해서는 국어과 교육과정과 교과서, 교사용 지도서 등이 주요 자료가 된다. 본고에서도 연구 목적의 달성을 위해 국어교과서와 교육과정 등에 대한 검토를 중심으로 논의를 진행하고자 한다.

제4차 교육과정기까지는 문학 교육이 국어 교과서를 토대로 수행되었기 때문에 국어 교과서에 실린 현대시 작품이 적게는 6편에서 많게는 28편에 이른다. 그러나 제4차 교육과정의 문학 교육 강화를 발전적으로 계승하고자 문학 과목을 신설한 제5차 교육과정부터 양과 질의 모든 면에서 본격적으로 국어 교과서의 현대시 위축 현상이 발생하여 제7차 교육과정에 이르러 마침내 국어 교과서가 단순한 읽기 자료 내지는 언어 기능 신장을 위한 도구로 전락한다.

본고는 이 점을 주목하고 현대시 위축 현상의 시발점이 된 제5차 교육과정 국어 교과서부터 제7차 교육과정 국어 교과서까지에 수록된 현대 한국시만을 대상으로 삼아 현대시 교육의 위축 현상과 그 실체를 규명할 것이다. 이에 따른 연구 내용과 방법을 다음과 같이 설계하였다. 다만 본 연구에서는 문학 교과서를 통한 현대시 교육의 실체 확인과 검증이 제외되었으며, 개별 제재에 대한 작품 분석과 해석 또한 추후 별도의 작업을 통해 진행하고자 한다.

첫째, 각 시기별 국어 교과서에 수록된 작품 수와 학습 분량 등 현대시 교육의 양적인 측면을 고찰한다.

둘째, 필요에 따라 각 시기별 현대시 교육에 관련된 국어과 교육과정의 내용과 실태를 분석한다.

셋째, 각 시기별로 국어 교과서에 수록된 현대시 관련 단원의 구성 체재를 분석한다.

넷째, 필요한 경우 교과서 및 교사용 지도서에 제시된 학습 목표와 학습 활동을 분석하여 현대시 교육의 내용 체계와 연계성을 밝힌다.

다섯째, 이들을 토대로 현대시 교육의 문제점을 지적하고, 국어 교과서를 통한 현대시 교육의 개선 방향을 모색한다.

2.2. 교육과정별 수록 작품과 학습 분량

이 장에서는 교과서에 수록된 현대시 작품의 양적인 측면의 비교 검토를 위해서 다음의 두 가지 방향으로 논의를 진행하고자 한다. 먼저, 5, 6, 7차 교육과정의 교과서에 수록된 작품의 수를 정리하여 각 시기별로 통시적 비교를 하고자 한다. 다음으로는, 7차 교육과정서 제시된 교수·학습 분량에 대해서 현대시와 다른 장르와의 비교를 통해서 공시적 비교를 진행하고자 한다.

2.2.1. 제5차 교육과정기

이 시기의 국어 교과서에는 국어(상)에만 현대시 3편, 시조 1편이 실려 있다. 이는「문학」교과서가 별도로 편찬되면서 국어 교과서는 언어사용능력 신장을 목표로 제재가 선정되었기 때문이다. 곧 문학을 전적으로「문학」교과서에 이관하고 시대적 요청에 부응한다는 면에서 지나치게 국어에서 기능과 사용의 측면을 강조하다 보니, 문학 교육은 일반 보편의 교양 교육이 아닌 전문화 교육으로 변해버리고 국어는 도구로서만 존재하는 양상이 벌어지게 된 것이다.[27]

5차 교육과정 고등학교 국어 교과서에 수록된 작품은 다음과 같다.

<표 1> 제5차 교육과정기 국어 교과서 수록 작품

교과서	작 품	작 가	형 식	주 제
국어 (상)	길	김소월	자유시	유랑인의 비애
	찬송	한용운	자유시	임에 대한 찬송
	폭포	김수영	자유시	곧은 삶의 자세 추구

2.2.2. 제6차 교육과정기

6차 교육과정은 문학 지식 위주가 아닌 작품의 실제 이

---

27) 김영숙(2003), 앞의 글, p.38.

해와 감상에 중점을 두었다. 5차 교육과정과는 달리 문학의 비중도 다소 커졌다. 6차 국어 교과서에는 현대시 5편과 외국시 1편, 그리고 시조 1편이 수록되어 있다.

6차 국어 교과서에 수록된 작품은 다음과 같다.

<표 2> 제6차 교육과정기 국어 교과서 수록 작품

교과서	작 품	작 가	형 식	주 제
국어(상)	진달래꽃	김소월	자유시	이별의 슬픔과 그 승화
	광야	이육사	자유시	밝은 미래에 대한 염원
	성북동비둘기	김광섭	자유시	물질문명으로 인한 인간성 상실비판
국어(하)	설일	김남조	자유시	너그러운 삶에 대한 다짐과 그 승화
	논개의 애인이 되어 그의 묘에	한용운	자유시	논개의 우국충정에 대한 추모

2.2.3. 제7차 교육과정기

1) 수록 작품

7차 교육과정은 국민 공통 기본 과정과 선택 중심 교육과정으로 설계되어 있다. 국어 과목은 10학년인 고등학교 1학년에서 이수하고, 문학 과목은 선택 심화 교과로서 11학년과 12학년, 곧 고등학교 2, 3학년에서 이수한다.

국어 교과서에 수록된 작품 중 김소월의 '진달래꽃', 이육사의 '광야', 정지용의 '유리창' 세 편만 하나의 단원에 독립된 제재로 실려 있고, 나머지 작품들은 심화학습 제재로 활용되고 있는 것이다.

7차 교육과정 국어 교과서에 수록된 작품은 다음과 같다.

<표 3> 제7차 교육과정기 국어 교과서 수록 작품

교과서	작 품	작 가	형 식	주 제
국어(상)	진달래꽃	김소월	자유시	이별의 슬픔과 그 승화
	유리창	정지용	자유시	사별의 슬픔과 그리움
	광야	이육사	자유시	밝은 미래에 대한 염원
	여승	백석	자유시	한 여인의 비극적 일생
국어(하)	설일	김남조	자유시	너그러운 삶에 대한 다짐과 그 승화
	추억에서	박재삼	자유시	어머니의 가난한 삶과 한

2) 교수·학습 분량

국어(상) 교과서의 대단원 체제는 '단원의 길잡이, 준비 학습, 소단원, 단원의 마무리, 보충·심화 학습'의 구성되어 있다. 국민 공통 기본교과인 국어는 고등학교 선택 중심 교육과정에서 8단위로 설정되어 있다. 여기에서 1단위는 매주 50분 수업을 기준으로 하여 한 학기(17주) 동안 이수하는 수업량이다.[28] 따라서 총 8개의 대단원 아래 하나의 대단원은 2~3개(본고에서 다루는 국어(상)의 6단원 '노래의 아름다움'은 5편으로 구성됨.) 소단원으로 편성되어 각각의 대단원을 8차시에 맞추어 수업할 수 있도록 설계되어 있다.

___

28) 서울대학교 국어교육연구소(2002), 『고등학교 교사용 지도서 국어(상)』, p.32.

〈표 4〉 대단원 교수·학습 계획[29]

단원의 길잡이 및 준비 학습	소단원 2~3개	단원의 마무리	보충·심화
1차시	2~6차시	7차시	8차시
도입	원리 학습＋적용 학습	정리 및 평가	보충·심화 학습

따라서 국어(상) 6단원의 '노래의 아름다움'은 5편의 시로 구성되어 있으므로 시 한 편에 1차시로 수업할 수 있도록 설계되어 있다. 전체 대단원의 면수와 차시를 제시하면 다음과 같다.[30]

〈표 5〉 제재의 갈래와 면수 및 교수·학습 차시

대단원명	소단원명	면수	차시
1. 읽기의 즐거움과 보람	1) 황소개구리와 우리말(논설문) 2) 그 여자네 집(소설)	56	8
2. 짜임새 있는 말과 글	1) 용소와 며느리 바위(설화) 2) 나의 소원(논설문)	34	8
3. 다양한 표현과 이해	1) 봄봄(소설) 2) 봉산탈춤(가면극 대본)	54	8
4. 바른말 좋은글	1) 말 다듬기(국어 지식) 2) 문장 다듬기(국어 지식) 3) 글 다듬기(국어 지식)	38	8
5. 능동적인 의사소통	1) 유배지에서 보낸 편지(수필) 2) 구운몽(소설)	36	8

---

29) 서울대학교 국어교육연구소(2002), 앞의 책, p.33.

30) '단원의 길잡이, 준비 학습, 보충학습, 심화학습'은 매 대단원에 일률적으로 수록되어 있으므로 싣지 않음.

대단원명	소단원명	면수	차시
6. 노래의 아름다움	1) 청산별곡(고전시가) 2) 어부사시사(고전시가) 3) 진달래꽃(현대시) 4) 유리창(현대시) 5) 광야(현대시) · 심화학습(현대시)	28	8
7. 생각하는 힘	1) 장마(소설) 2) 기미독립선언서(논설문)	56	8
8. 언어와 세계	1) 동국신속삼강행실도(고전수필) 2) 삼대(소설)	36	8
8개 대단원	20개 소단원	338	64

먼저 국어(상)에 수록된 갈래의 양상을 살펴보면 문학 14개 단원, 비문학 6개 단원으로 구성되어 문학이 월등히 많음을 알 수 있다. 문학만 놓고 보면 산문 문학이 9개 단원, 운문 문학이 5개 단원, 그중에서 현대시가 3개 단원(심화학습까지 포함하면 4개 단원)으로 편성되어 있어 외관상으로 보기에는 현대시가 적지 않아 보인다.

그러나 면수와 차시를 보면 전혀 양상이 다르다. 전체 면수에서 운문 문학이 차지하는 비중이 약 8.3%에 불과하며, 현대시 제재는 약 1.8%(심화학습을 포함하면 약 2.4%)에 지나지 않는다. 차시의 측면에서는 현대시가 전체 64차시 중 3차시만 교육되어 약 4.7%(심화학습을 포함하면 약 6.3%)를 차지한다. 따라서 현대시 교육에 할애된 양과 시간이 모든 갈래에 비해 열등하며, 산문 문학 특히 소설 문학의 교육에 비해 많이 위축되어 있음을 확인할 수 있다.

2.3. 교육과정별 현대시 교수·학습의 내용

이 장에서는 국어과의 현대시 학습의 내용을 각 교육과정별로 비교 검토하기로 한다. 국어과 교육의 정신의 변화에 따라 교과서에 수록된 현대시의 학습 요소가 5, 6, 7차 교육과정에서 어떻게 변화하는지를 염두에 두고 살피는 통시적 검토를 우선 진행하고자 한다. 교육 내용 검토를 위한 다른 하나의 축은 공시적 작업의 일환으로, 7차 교육과정의 학습 내용을 구체적으로 살피는 과정을 통해 학습 내용의 얼개를 밝히는 것이다.

2.3.1. 제5차 교육과정기

제5차 국어과 교육과정은 제4차의 국어과 교육의 정신이 더욱 구체화되어 문학 과목을 신설하고 국어과 교육 목표의 전문에 문학에 관한 사항을 삽입하였다. 그 결과 오히려 국어 교과서에 수록된 현대시 작품은 이전 시기의 17편에서 3편으로 대폭 줄어들게 되어 결과적으로 현대시 교육의 위축을 초래하는 단초를 제공하였다. 국어 교과서는 4차와

달리 상·하로 편제하여 이후 7차까지 동일한 편제를 이루
는 바탕이 되었다.

기능주의 문학관이 지배한 이 시기에는 시가 언어 사용의
특수한 사례로 제시되는 등 언어 사용 기능의 신장을 위한
도구로 전락하는 수모를 겪는다. 시 단원의 구성 체재는 4
차보다 학습자가 스스로 학습할 수 있도록 바람직하게 개선
되었다. 학습 요소는 주제 파악, 주제와 제재의 관계, 어조
와 정서 파악 등으로 4차에 비해 현저하게 축소되었다.

2.3.2. 제6차 교육과정기

6차 교육과정은 5차 교육과정과 큰 차이를 보이지 않는
데, 학습자의 자기 주도적 학습을 강조한 것이 특징이다. 이
에 따라 국어 교과서도 자율 학습이 가능하도록 편찬되어
어휘와 주요 개념에 대한 상세한 해설, 학습 활동에 대한
도움말 등을 곁들였다. 문학 교육은 학습자를 중심으로 교
육이 이루어져야 한다는 수용 이론을 배경으로 시행되었다.

수록 작품은 5편으로 이전 시기보다 2편이 늘어났다. 학
습 요소는 형상화의 특성, 시적 화자의 태도, 함축적 의미,
예술 문화로서의 미적 가치, 노래하기 유형으로서의 시의
특성 파악, 작자·작품·독자의 관계에서 본 의사소통 관
점의 작품 감상, 문학작품과 현실의 관계를 고려한 반영론

적 감상 등 이전 시기에는 볼 수 없었던 요소들이 대폭 도입되었다.

이것은 수용 이론 등 현대시 연구 업적을 적극 수용한 데 따른 것으로서 국어 교과서의 현대시 교육을 다양하고 풍성하게 했다. 그러나 대학수학능력시험에서 학생들에게 낯선 시작품이 출제되기 시작함으로써 현대시 교육의 난맥상을 노출했다. 또한 말하기, 듣기, 쓰기 교육이 강화됨으로써 시작품은 이들 능력의 신장을 위한 도구로 전락한 측면이 다소 엿보인다.

2.3.3. 제7차 교육과정기

7차 교육과정은 한국인의 삶에 기반을 둔 창의적인 국어 활동 능력의 신장을 목표로 삼는다. 6차의 자기 주도적 학습과 자율 학습을 계승하면서 수준별 교육과정의 정신을 반영하고 있다. 따라서 국어 교과서는 6차와 마찬가지로 어휘와 주요 개념에 대한 상세한 해설을 담고 있으며, 단원 구성체제는 수준별 수업이 가능하도록 준비 학습, 보충 학습과 심화 학습 과정을 새롭게 편제했다. 또한 중간 중간 '알아두기'와 '도움말'을 두어 핵심 학습 요소에 대한 추상적인 설명 및 작가의 약력과 주요 작품에 대한 소개로 학습 활동을 돕고 있다.

제7차 교육과정 국어 교과서에 설정되어 있는 현대시 교육의 내용을 구체적으로 살펴보면 다음과 같다.

1) 국어(상) 6. 노래의 아름다움[31]

① 단원 설정 이유
문학작품의 아름다움은 작품을 구성하는 요소들이 유기적인 관계 속에서 빚어내는 효과이다. 이 아름다움은 독자에 의해 제대로 파악될 때 가치가 있다. 즉 작품의 아름다움에 대한 자신의 생각을 독자 스스로 언어로 표현할 수 있을 때, 문학의 아름다움은 더욱 분명해진다.
이 단원에서는 '청산별곡(靑山別曲)', '어부사시사(漁父四時詞)', '진달래꽃', '유리창(琉璃窓)', '광야(曠野)' 다섯 편의 시를 읽으면서 문학작품의 아름다움이 어떤 특질에 의해 실현되는지 파악하는 활동을 해 본다. 아울러, 문학작품의 아름다움에 대해 서로 말하고 들으면서 자신의 듣기 활동을 조절하며 듣는 태도가 중요함을 이해하도록 한다.

② 단원 학습 목표
문학작품의 아름다움을 실현하는 작품의 구성 요소와 그 기능을 이해한다.
문학작품의 아름다운에 대한 자신의 생각을 언어로 표현할 수 있다.
자신의 듣기 활동을 조절하면서 듣는 태도를 지닌다.

③ 학습 활동
<u>가) 진달래꽃</u>
〈혼자하기〉 1. 이 시의 낭독을 들은 후 작품의 분위기와 정서를 효과적으로 표현했는지 말해 보자.
〈혼자하기〉 2. 이 시의 아름다움에 대해 생각하면서 다음 활동을 해 보자.
1) 이 시의 음악성에 대해 말해 보자.
2) 이 시에 나타난 형상성에 대해 말해 보자.

---

31) 서울대학교 국어교육연구소, 『고등학교 국어(상)』, pp.226－251.

3) 이 시에서 함축성이 잘 드러난 표현을 찾아보자.

〈함께하기〉 3. 이 시의 화자인 '나'에게 전하고 싶은 말을 구상
하여 다음 활동을 해 보자.

1) 자신이 하고 싶은 말을 발표해 보자.

2) 다른 사람의 발표를 듣고, 자신의 생각과 어떻게 다른지 메모
해 보자.

3) 이해할 수 없거나 동의할 수 없는 부분을 메모하여 발표자에
게 질문해 보자.

나) 유리창

〈혼자하기〉 1. 이 시의 화자가 처해 있는 상황을 간결한 산문으
로 써 보고, 시와는 어떤 차이가 느껴지는지 말해
보자.

〈함께하기〉 2. 이 시는 시인이 아들을 잃고 쓴 시라고 한다. 죽
은 아이의 형상이 여러 가지 비유적 표현으로 등
장하는데, 이를 모두 찾은 후 거기서 받은 느낌을
말해 보자.

〈혼자하기〉 3. 이 시의 형식을 빌려 아끼는 물건이나 동물을 잃
었을 때의 심정을 시로 표현해 보자.

다) 광야

〈혼자하기〉 1. 이 시를 읽거나 낭독을 듣고, 가장 인상적인 구절
을 찾아 그 이유를 말해 보자.

〈함께하기〉 2. 이 시의 아름다움을 실현하고 있는 구체적인 표현
을 찾아 모둠별로 발표해 보자.

라) 여승

〈혼자하기〉 1. 이 시의 내용을 시간 순서에 맞게 이야기로 재구
성해 보자.

〈함께하기〉 2. 재구성한 이야기를 중심으로 다음 활동을 해 보자.

1) 이 시와 재구성한 이야기를 비교하여, 이 시가 어떤 점에서
아름다운지 발표해 보자.

2) 다른 사람의 발표를 들으면서 의문 나는 점을 서로 질문하고
답해 보자.

3) 다른 사람의 말을 들을 때 유의할 점을 함께 정리해 보자.

<u>마) 알아두기</u> - 시의 아름다움을 실현하는 요소
음악성: 시어가 잘 다듬어진 형태 속에서 운율과 같은 음악적 자
　　　　질을 최대한 발현할 때, 시의 아름다움이 실현된다.
형상성: 이미지 등을 활용하여 시인이 전달하려는 관념과 정서가
　　　　추상적 차원이 아니라 경험적·감각적 차원으로 구체화
　　　　될 때, 시의 아름다움이 실현된다.
함축성: 비유, 상징, 역설 등의 표현을 사용하여 일상적·과학적
　　　　언어로는 표현할 수 없는 정신적 가치가 표현될 때, 시
　　　　의 아름다움이 실현된다.

위의 인용을 통해 알 수 있는 바와 같이 국어(상)에 나타
나는 현대시 교육의 학습 요소는 문학작품의 아름다움이 실
현되는 특질을 이해하는 데 중점을 두고 있다. 학습 요소는
6차에 비해 현저히 줄어들었는데, 시의 아름다움을 실현하
는 요소를 음악성, 함축성, 형상성으로 보고 이 요소들을 제
재를 통해 학습하는 형식을 취하고 있다. 그 밖에 정서와
분위기, 시적 상황, 내면화와 관련한 활동을 담고 있다.

7차 교육과정에서 주목할 것은 창작 교육에 관심을 보이
기 시작했다는 것이다. 이것은 이전 시기보다 진일보한 것
으로 평가할 수 있다. 그러나 듣기 교육의 목표를 달성하기
위한 제재로 활용된 2편을 제외하면 순수하게 시 교육이
목적인 현대시는 2편만이 수록된 셈이다. 현대시의 교육
내용은 표와 같이 정리된다.

<표 6> 국어(상)의 현대시 교육의 내용

단원	주요 내용 및 활동
진달래꽃	내용 이해. 정서. 음악성. 형상성. 함축성. 화자 이해
유리창	내용 이해. 음악성. 형상성. 함축성. 비유적 표현
광야	내용 이해. 음악성. 형상성. 함축성. 인상적 표현 찾기
여승	이야기를 담은 시의 아름다움 이해

국어(하)에서는 2편의 현대시가 실려 있지만, '효과적인 표현'과 '표현과 비평'을 위한 단원에서 각기 심화학습에서 다루어지고 있으므로 학습 활동 문제만을 살펴보기로 한다.

2) 국어(하) 4. 효과적인 표현[32]

① 학습 활동

<u>가) 추억에서</u>
〈함께하기〉 1. 세 편의 시에 나타난 "어머니(악장가사의 '사모곡'. 정인보의 '자모사')"에 대한 생각과 느낌이 어떤 점에서 같고 다른지 이야기해 보자.
〈혼자하기〉 2. 세 편의 시 중 하나를 참조하여, '어머니'에 대한 자신의 생각을 시로 표현해 보자.

<u>나) 설일</u>
〈함께하기〉 1. 이 시를 읽고 느낀 점을 중심으로 다음 활동을 해 보자.
1) 자신이 느낀 점을 발표해 보자.
2) 다른 사람의 느낌과 비교하여 자신만의 느낌을 더 생각해 보자.
3) 자신의 느낌을 짧은 감상문으로 표현해 보자.
〈함께하기〉 2. 내적 준거와 외적 준거를 중심으로 감상문을 서로 비평해 보자.

---

32) 서울대학교 국어교육연구소, 『고등학교 국어(하)』, p.219.

위에 제시한 학습 활동에서 보는 바와 같이 국어(하) 교과서에 실린 현대시 작품은 '효과적인 표현, 표현과 비평'을 학습하기 위한 수단으로 이용되고 있다. 이것에서 보면 시 예술로서의 감상이나 분석은 전혀 다루어지지 못하고 있음을 확인할 수 있다. 7차 교육과정의 고등학교 국어교과서가 국민 공통 기본 과정의 마지막 단계인 10학년에 배우는 과목인 점을 감안한다면, 좀 더 다양한 작품을 접하게 하고 학습 요소도 추가할 필요가 있다. 또한 '현 시대'의 작품을 경험할 수 있는 기회를 열어주어야 할 필요성이 제기된다.

2.4. 현대시 교육의 문제점과 개선 방향

2.4.1. 현대시 교육의 문제점

교육 과정에 의거한 국어 과목의 문학 영역과 국어 교과서에 나타난 현대시 교육의 내용 영역 간에 괴리가 심하며, 현대시가 국어 능력 신장을 위한 도구가 되어 현대시 교육의 위축 현상이 심각함을 확인할 수 있었다. 또 문학 교과서 수준의 전문적인 지식을 바탕으로 해야 학습 활동을 해결할 수 있고, 그에 따라 학습 목표에 도달할 수 있는데도, 시에 관한 지식을 소홀히 다루고 있음도 입증되었다. 구체적인 현대시 교육의 문제점은 다음과 같다.

1) 수록 작품 수가 현저히 감소되었고, 절대량이 부족하다.
2) 국어 교과서와 문학 교과서의 작품이 중복 수록된 경우도 있다.
3) 특정시대와 특정한 작가의 작품으로 편중된 문제가 있다.
4) 국어과 교육의 다른 목적을 달성하기 위한 방편으로 시를 이용하고 있다.
5) 학습 활동이 축어적 읽기를 통한 사실적 이해를 간과하고 해석과 감상에 치중하고 있다.
6) 학습 활동이 작품의 가장 뛰어난 미적 요소에 국한되어 있어 낯선 작품으로의 학습 전이 효과가 낮다.
7) 작품 간의 공통점과 차이점을 추출하는 활동이 없어 작품에 대한 종합적인 이해와 감상을 도모하기 어렵다.
8) 시 창작 활동을 통한 이해와 감상 능력을 배양하는 활동이 없다.
9) 시인이나 시인의 작품 세계에 대한 지식과 일반적인 시론에 대한 지식이 간과되고 있다.
10) 대학수학능력시험의 시 문항과 괴리가 심각하다.

2.4.2. 현대시 교육의 개선 방향

앞서 지적한 문제점들을 중심으로 제8차 교육과정의 국어 교과서 시 단원의 개선 방향에 대해 다음과 같이 제언하고자 한다.

1) 교과서에 수록된 현대시 작품의 절대적인 수가 부족한 점을 감안하여 교과서에 싣는 현대시 작품 수를 대폭 늘려야 한다.

2) 문학교과서를 선택하는 학생은 국어교과서를 공부하는 학생이므로, 국어 교과서와 문학교과서의 중복 수록을 피해야 한다.

3) 전통적인 작품에서 최신작까지 다양한 시기의 작품을 수록하고 작가군도 확대하여 시적 경험의 편협성을 극복해야 한다.

4) 학습 목표는 시를 이해하고 감상하는 데 직결되는 요소들로 설정해야 한다. 시가 언어 사용 능력 신장을 위한 수단으로 그치기보다 언어 예술로 정립할 필요가 있다.

5) 자기 주도적 이해와 감상 능력을 배양하기 위해, 학습 활동은 단어의 사전적 이해부터 시작하여 시적 표현에 대한 이해를 제시하고, 해석과 감상의 차원까지 순차적으로 배열해야 한다.

6) 학습 활동은 개별 제재마다 시의 모든 학습 요소로 구성되어야 한다. 시적 상황, 대상이나 삶에 대한 시적 화자의 태도, 분위기와 어조와 정서, 함축적 의미, 표현 방법, 내면화와 가치화 등을 담아내야 한다.

7) 종합 학습 활동을 편성하여 형식과 내용 면에서 작품 간의 공통점과 차이점을 추출하는 문제를 수록해야 한다.

8) 각종 영상 매체의 발달로 결핍되기 쉬운 사고력과 상상력을 길러 주기 위해서, 또 삶과 현실을 성찰하는 안목을 높여 주기 위해서, 생활 속에서 시를 창작하는 즐거움을 누리도록 하기 위해서 매 시 단원마다 창작 활동을 배정해야 한다.

9) 지나친 작품 내적 탐구에 얽매이기보다 시인의 생애나 업적, 시인의 작품 세계, 일반적 시론에 대한 지식 영역도 함께 다루어야 한다.

10) 대학수학능력시험의 시 문항과 일치시키려는 노력이 필요하다. 문제 해결 능력이 교과서로 이루어지는 교실 수업의 교수·학습 과정을 통해 배양될 수 있는 장치가 마련되어야 한다.

2.5. 내실 있는 시 교육 방안 강구

지금까지 5, 6, 7차 교육과정에서 고등학교 국어 교과서에 나타난 현대시 교육의 실상을 살펴보았다. 기능주의 문학관이 지배한 제5차 국어과 교육과정기는 국어 교과서에 수록된 현대시 작품이 이전 시기의 17편에서 3편으로 대폭 줄어들 정도로 국어 교과서상의 현대시 교육의 위상이 본격적으로 추락한 시기였다. 학습 활동 또한 가장 기초적인 주제 파악, 주제와 제재의 관계, 어조와 정서 파악 등으로 심도 있는 문학 교육의 장으로서의 시 교육이 이루어지기에는 나름의 한계를 안고 있었다.

자기 주도적인 학습과 수용 이론을 바탕으로 삼은 제6차 국어과 교육과정은 문학 지식보다는 작품의 실제 이해와 감상에 중점을 둔 교육이 시행되었고, 수록 작품이 5편으로 5차에 비해 2편이 늘어났다. 의사소통의 관점에서 작품을 이해하고 감상하는 등 새롭고 다양한 학습 요소를 도입했지만, 이는 문학 교육으로서의 시 교육의 파행을 초래하는 결과를 낳았다. 또한 대학수학능력시험에서 교과서에 수록되지 않은 전혀 낯선 시가 출제됨으로써 현장에서의 시 교육에 혼란을 가져왔다.

제7차 교육과정은 자기 주도적 학습과 수준별 학습을 특징으로 삼고 있는데, 현대시 교육도 그와 같은 방향으로 시행되고 있다. 제6차와 같이 6편의 현대시가 수록되었는데, '심화학습'에서 다른 국어 기능 신장을 위한 용도로 현대시를 활용하고 있어 시의 예술성에 대한 배려가 부족하며, 현대시 교육의 내용 영역이 현격하게 감소되었다. 학습 활동을 검토한 결과 형식주의 문학관을 중심으로 작품을 이해하고 감상하는 방향으로 현대시 교육이 진행되고 있음을 알 수 있다.

앞으로 국어 교과서에서의 현대시 교육은 언어 예술로서의 시에 대한 배려가 필요하다. 수록 작품의 수를 더 늘리는 것이 요구된다. 그와 더불어 최근 작품의 수록 비율도 높일 필요가 있다. 문학 교과서 수준에 버금가는 내용 영역의 심화, 현대시와 관련한 다양한 지식 습득의 강화 등의 과제가 제기되었다. 국어 교과의 구성과 교과서의 집필 과정에서 이들을 해결 또는 개선하는 방안이 강구되어야 한다.

'능동적 시 읽기' 교수
– 학습 모형[33]

3.1. 수요자 중심의 패러다임

　문학은 '작가 – 작품 – 독자/세계'의 관계에서 생성되고 소통된다. 작가를 중시하는 태도는 표현 이론으로서 역사·전기주의적 방법이 대표적이고, 작품의 내재적 의미를 중시하는 태도는 구조이론으로서 구조주의와 신비평의 방법이 주를 이루고, 독자를 해석의 중심에 두고자 하는 태도는 수용이론으로서 수용미학적 방법이 대표적이다. 또한 세계를 중시하는 태도는 마르크시즘 계열의 반영이론이 강조해 온 방법이다.

　문학 교육이란 인간이 지닌 정서의 자질을 이끌어 내고, 그것을 일층 세련시키며, 나아가 그것을 우리의 삶 속에 이끌어 들여, 보다 윤택한 삶을 누리게 하는 인간 활동의 일종

---

33) 이 글 중 일부는 『멀티미디어 시대의 독서와 작문』(2006)에 실렸다.

이다. 그 활동 속에는 타고난 정서적 자질을 세련시켜 아름다움을 만들어 내는 창작 행위가 모두 포함된다.[34] 문학 교육은 문학작품을 바라보는 관점에 따라 다양한 이론의 적용이 가능하고, 그에 따라 해석과 평가가 달라지기 마련이다.

문학 교육 현장에서 보면, 문학 이론은 크게 텍스트 중심과 학습자 중심으로 나누어 볼 수 있다. 텍스트 중심 이론은 문학작품은 작가의 산물이므로 독자는 독서의 과정을 통해서 작가의 의도를 제대로 파악하는 것이 중요하다는 입장이다. 여기서 작가의 의도는 작품의 내적 구조, 세계의 반영체로서의 작품 등이 포함되기도 하며, 작가는 사회·역사적 공동체로의 한 구성원으로서 공동체의 입장을 대변하는 것으로 해석된다.

문학 교육 현장에서 텍스트 해석은 신비평과 역사주의적 방법이 강조되어 왔다. 신비평의 작품 내재적 구조 분석과 작품 분석에 역사적 맥락을 획일적으로 적용하는 역사주의적 비평의 태도는 문학의 다양한 국면을 포용하기 어려운 닫힌 태도라는 한계를 가진다. 이에 비해 학습자 중심 교육은 작품의 역사성과 예술성이 수용자의 작품 체험 속에 내재해 있다고 보는 수용미학의 이념에 기대고 있다는 점에서 열린 해석을 지향한다.

학습 현장에서 수용자는 학생이므로 학습자 중심 이론은

---

34) 김윤식(1983), 『한국근대문학과 문학교육』, 을유문화사, p.24.

수용자가 중시되는 것이다. 즉 창작 텍스트가 수용자에 의해서 구체화될 때, 독자가 결정적인 작용을 하는 측면[35]이며, 이 입장의 대표적인 이론이 수용미학이다. 수용자가 문학을 감상한다는 것을 의사소통의 관점으로 보면, '텍스트 – 세계 – 작가 – 독자' 간에 다리가 놓이게 되고, 이런 식으로 연결된 소통의 내용을 구체화한 것이 독자의 작품 이해가 된다.[36]

야우스의 관점에서 보면 어떤 작품이 보편적이라고 말하는 것, 다시 말해 그 의미가 영구히 정해져서 어느 시기의 어느 독자에게도 수용된다고 말하는 것은 잘못이다. 문학작품은 홀로 서서 어느 시대의 어느 독자에게도 똑같은 얼굴을 내보이는 그런 객체가 아니다.[37] 텍스트의 해석 과정은 역동적 성격의 의미화 과정이므로 역사·사회적 맥락에서 끊임없이 변하면서 해석자에 의해 지속적으로 새로이 구조화되는 의미 형성에 개방성이 중시된다.[38]

이 글은 현대시 교육 현장에서 활용할 수 있는, 학습자가 중심이 되는 교수 – 학습을 위한 수업 모형[39]을 탐구하

---

35) 차봉희 편저(1985), 『수용미학』, 문학과 지성사, p.29.
36) 박찬기 외(1992), 『수용미학』, 고려원, p.112.
37) 이선영·박태상(1994), 『문학비평론』, 한국방송통신대학출판부, p.194.
38) 박영목 외(1997), 『국어과 교수 학습 방법 탐구』, 교학사, p.336.
39) 수업 모형이란 교육과정 구성, 수업자료 선정, 교사와 학생의 활동지침 마련에 활용될 수 있는 정형 또는 계획이라고 할 수 있다. 여기서는 좁은 의미, 즉 '교실 수업 모형'이라는 개념으로 사용한다. 수업 모형에 대해서는 김학수(1986),

는 데 목적이 있다. 이를 위해서 학습자 중심 교육의 개념과 시 감상의 원리에 대한 정리를 바탕으로 하여 세 가지 수업 유형을 제시하고자 한다. 3장에서는 지배소 찾기 유형, 4장에서는 공통점 찾기 유형, 그리고 5장에서는 차이점 찾기 유형을 제시하여 교실 수업에서 활용할 수 있는 모형으로 삼고자 한다.

3.2. 학습자 중심 교수 – 학습의 개념도

학습자 중심의 교육은 교과서를 효과적으로 재조직하고, 보충 자료를 함께 활용하며, 학생들 사이의 상호작용을 강조하며, 학습자의 흥미나 필요, 취향에 따라 다양한 형태와 내용으로 진행되는 수업이 더 효과적인 학습법이라는 신념에 기반을 두고 있다. 교사는 다양한 내용을 다양한 형태와 방법으로 학습자가 선택해서 할 수 있도록 배려하고, 장려하며, 도와주는 역할을 하는 것을 이상으로 삼는다. 교재 또한 다양하게 활용하는 것을 권장한다.[40]

현장의 교사들은 시 수업의 문제점으로 다음의 다섯 가지를 제기하고 있다.[41] 지나친 분석 위주의 수업이 이루어

『현대 교수 학습론』, 교육과학사, pp.91 – 94 참조.

40) 지현배(2002), Research on Korean Education through learner – focused education, American International University, 박사학위논문, p.4.

지고 있다. 교사 중심의 주입식 수업이 학습자의 체험 중심의 자율적 시 수업을 방해한다. 시 수업 시간의 많은 부분은 예비지식을 가르치는 데 소비하고 있다. 교사들의 사전 협의가 이루어지지 않은 데서 파생되는 문제점이 적지 않다. 시의 세계와 학습자의 체험 사이의 괴리가 활기찬 수업을 방해한다.

현장 수업에서 지적되는 이런 문제는 학습자 중심의 교육을 실천하는 것으로서 완화시키거나 해결할 수 있다. 시를 해석하는 것은 단순히 의미를 이해하는 데 그치지 않고, 그것을 이해하고 감상하는 과정에서 창조적 행위가 요구되며, 이를 바탕으로 내면화 과정에까지 도달하는 것을 목표로 하기 때문이다. 따라서 학생들의 능동적인 활동에 의해서 문학 텍스트가 의미화하는 작업은 작가가 발신자이며 학생은 수신자로 상정된다.

학습자 중심 교육에서 교육의 세 주체인, 텍스트와 독자인 학습자, 그리고 교사의 지위와 역할은 다음과 같이 정리된다. 텍스트는 작가나 세계에 의해 갇히지 않고 열린 해석을 지향함으로써 의미의 다양성을 확보한다. 독자인 학습자는 학습을 주도하고 의미해석에서 무게 중심의 위치를 확보함으로써 창조적 독서를 가능하게 한다. 그리고 교사는

---

41) 이에 대해서는 김이상(1996), 「중등학교 시 수업의 문제점 및 개선 방안」, 『한국문학의 새로운 인식』, 세종문화사, pp.128-30 참조.

안내자요 매개자로서 학습자의 학습 과정에서 안내와 조정을 함으로써 균형을 유지하도록 한다.

제도 교육인 학교 교육은 다음의 두 가지 문제를 기반으로 형성된다. 첫 번째로 고려해야 하는 것은 제도 교육의 목표이다. 그것은 여러 가지 세분화된 것으로 구체적인 설정이 가능하지만 가장 근원이 되는 요목은 '공동체의 가치'와 '공공의 선'이다. 학교 교육의 목표는 학습자가 공동의 가치를 익힘으로써 공동체의 구성원으로서 적응능력을 기르고, 그 과정에서 공공의 선에 부합하는 가치를 창출해야 한다는 것이다.

텍스트의 선정 과정에서 전문가의 개입이 필요하고, 학습의 과정에서 교사의 조정 역할이 필요한 것은 이 때문이다. 가령, '붉음'이라는 주제에 대해서 '피 – 헌혈 – 생명존중 – 선행실천'으로 이어지는 해석과 내면화 과정을 거치는 것이 제도 교육의 목표에 부합한다. 만약 '불 – 파괴 – 살인 · 전쟁 – 범죄자'로 이어지는 해석이 진행된다면, 이는 목표에 반하는 것이므로 제도교육에서 용인될 수 없다. 이때 교사의 조정 역할이 요구되는 것이다.

다른 하나는 학습자가 수련을 요구받는 미숙의 상태에 있다는 점이다. 그래서 학습자의 학습 활동 과정과 결과의 밑그림[42]이 될 수 있는 교본이 필요하다. 이것은 학습 과

---

42) 여기서 '밑그림'은 공급자 중심 교육에서 교육 주체의 중심이 되는 텍스트라고

정에서 표면에 노출되는 것이 아니다. 해석의 과정을 거쳐서 도달하기를 희망하는, 본보기가 되는 기본 자료이다. 이것에 수렴된 전문가의 깊은 식견은 학습자가 범할 수 있는 가치의 왜곡을 방지하고, 단편적 이해나 자의적 해석의 한계를 넘어 심미적 가치를 깨달을 수 있는 가이드가 된다.

시의 학습과 지도에서 시의 감상에 대한 이론적 토대의 필요성이 제기된다. 텍스트를 매개로 작자와 독자가 소통하는 것이 문학이라고 할 때, 창작은 시인의 주관이 체험한 바를 객관화함으로써 가치를 창조하는 것이고 감상은 시인이 창조한바 작품의 내포를 주관화함으로써 가치를 추상하는 것이다. 그러므로 창작과 감상이 지니는 본질적 특색의 상이는 창작자와 감상자 사이에 작품을 통하여 일어나는 세계를 마련하는 것이다.[43]

할 수 있다. 이것은 우리 교육의 오랜 전통인 역사·전기주의적 방법의 핵심을 이루는 것이다. 학습자 중심 교육은 학습자에게 의미 해석의 무게 중심이 있고 학습자의 창의적 독서를 핵심으로 하고 있다는 점에서 '밑그림'은 학습자 중심 교육의 본질 가치를 훼손할 수 있다는 우려를 제기할 수 있다. 그러나 제도교육이 갖는 특수성, 곧 '공동체의 가치'와 '공공의 선'이라는 틀을 벗어날 수 없는 한, 그리고 학습 질의 심화를 위해서 학교 교육에서 밑그림의 존재는 필수적이다. 다만, 복수로 존재할 수 있고, 이것이 '지식'으로 학습자에게 직접적인 형태로 강요되지 말아야 한다는 점이 강조되어야 한다.

43) 이에 대해서 조지훈은 다음과 같이 논하고 있다. "첫째, 작자가 느끼고 말하고자 하는 바와 독자가 느끼고 생각하고자 하는 바가 한 작품을 계기로 최대한 접근하는 경지니 이는 시 생명 본연의 태(態)로서 구심적 공감의 세계요, 둘째, 작자가 느낀 점과 독자가 느낀 점이 어느 정도 접근하면서 작자는 작자대로 독자는 독자대로 유사하되 별다른 경지를 얻은 것이니 이는 시 감상 묘미의 세계로 창조적 감상의 태도요, 셋째, 작자가 느낀 것과 독자가 느낀 것이 전연 엉뚱한 방향으로 옮기는 이른바 시창작 변질의 태(態)로서 원심적 괴리(乖離)의 경지가 그것이다." 조지훈(1996), 「시의 감상」, 『시의 원리: 조지훈 전집』 2권, 나남출판,

시를 감상한다는 것은 그 세계를 향수하고 이해하고 판단하는 행위를 함축하는 것이다. 작품을 읽는다는 것은 창조된 상상의 세계를 즐긴다는 것이고, 그것은 형상화된 가치에 감동받는다는 말이며, 대상이 갖는 참모습에 공감한다는 것을 의미한다.[44] 그러므로 ‘즐거움 – 감동 – 공감’이라는 시 감상의 과정은 ‘음미 – 파악 – 판단’의 단계를 갖게 된다. 시 학습의 과정은 위의 각 단계에서 ‘직관 – 분석 – 평가’의 과정을 거치게 되며, 이는 곧 ‘정서적 반응 – 이지적 반응 – 가치판단’이 작용하게 된다.

이런 논의를 바탕으로 할 때, 교수 – 학습의 절차를 표준화하는 것이 요구된다. ① 밑그림을 준비하여 학습의 토대로 삼는다. 이것은 학습의 깊이를 담보하고 학습의 효율을 높이기 위함이다. 그리고 ② 학습자 주도의 학습 과정에서 시 감상의 원리에 적합한 절차를 설계한다. ③ 비교, 토론, 퇴고 등의 과정을 거쳐서 주제 정리 및 작품에 대한 평가를 행한다. 다음으로 이를 바탕으로 ④ 내면화 과정을 진행한다. 이는 작품에서의 공감하고 깨달은 것을 자신의 문제로 수렴시키는 과정이다. ⑤ 학습자의 학습 결과에 대한 평가 단계를 설정한다.

학습자 중심 교육의 교수 – 학습 절차는 ‘밑그림 준비, 작

---

p.169 참조.

44) 강현국(2002), 「시 감상의 실제」, 『대학 국어』, 형설출판사, p.293 참조.

품 감상 절차 이행, 주제정리와 평가, 학습자의 내면화, 학습 결과 평가'로 요약될 수 있다. 여기서 작품 감상에서 내면화 과정은 교실 수업에서의 활동 영역이고, 밑그림 준비와 학습 결과 평가는 교수자의 준비 영역이다. 교실 수업에서의 활동 영역은 실제 수업에의 실현에 관련된 것이므로, 이 글에서 논의하는 교수-학습 유형은 교수자의 준비영역을 중심으로 진행하기로 한다.

3.3. 지배소 찾기 유형

시에서 작품의 다른 부분을 한곳으로 수렴시킴으로써 의미의 중심축을 이루는 것이 지배소(dominant)이다. 이 지배소는 시 감상의 과정에서 흔히 큰 여운을 남기고 진한 물음을 갖게 한다. 그래서 감동의 원천이 되고 작품이 그리는 세계에 대해서 독자가 공감하는 줄기가 된다. 그래서 시 감상의 과정에서 이 지배소를 찾는 것은 작품 이해의 핵심이 된다. 그러므로 지배소 찾기는 시 교육에서 유용하게 활용될 수 있는 방법의 하나이다.

아래 시 작품에서 지배소를 찾아보도록 하자. 인용한 작품은 기형도의 <엄마 생각>이다. 기형도 시인은 길지 않은 시작(詩作)의 기간에도 불구하고 90년대 이후 한국 시의 가장 '젊고 뜨거운' 현상이 되었다.[45] 온갖 상처와 죽음의 분위기로 채색된 현실을 향한 시를 토해 내었던 그다. 이 작품은 회색빛 유년의 기억을 떠올리게 한다. 혼자라는 외로움과 방 안이라는 단절의 공간에서의 유년의 체험이 시로 형상화된 것이다.

기형도 〈엄마 생각〉

열무 삼십 단을 이고
시장에 간 우리 엄마
안 오시네, 해는 시든 지 오래
나는 찬밥처럼 방에 담겨
아무리 천천히 숙제를 해도
엄마 안 오시네, 배추잎 같은 발소리 타박타박
안 들리네, 어둡고 무서워
금간 창 틈으로 고요히 빗소리
빈방에 혼자 엎드려 훌쩍거리던

아주 먼 옛날
지금도 내 눈시울 뜨겁게 하는
그 시절, 내 유년의 윗목

여기서 시인은 시공간의 이동을 감행하고 있다. 유년의 시간으로 옮아간 곳에서 시는 시작된다. 그 기억이 재생해 내는 그림은 외로움과 쓸쓸함에 그치지 않는다. 외로움에 따라온 두려움과 그것을 탈피하고자 하는 기다림의 발버둥

---

45) 지현배(2004), 『삶의 그림으로서의 시 창작 강의』, 한국문화사, p.204.

은 계속되지만 여전히 내가 있는 방은 '빈방'이다. 더구나 그 기억의 줄기는 현재의 시공으로까지 뻗어 있다. 그 기억의 뿌리는 쉽게 뽑히지 않는다. 지금까지 나를 놓아주지 않는 것이다. 그 뿌리는 '유년의 윗목'이다. 이 시에서 지배소는 마지막 구절이다.

3.3.1. 밑그림

함민복 〈눈물은 왜 짠가〉

지난 여름이었습니다. 가세가 기울어 갈 곳이 없어진 어머니를 고향 이모님 댁에 모셔다 드릴 때의 일입니다. 어머니는 차시간도 있고 하니까 요기를 하고 가자시며 고깃국을 먹으러 가자고 하셨습니다. 어머니는 한평생 중이염을 앓아 고기만 드시면 귀에서 고름이 나오곤 했습니다. 그런 어머니가 나를 위해 고깃국을 먹으러 가자고 하시는 마음을 읽자 어머니 이마의 주름살이 더 깊게 보였습니다. 설렁탕집에 들어가 물수건으로 이마에 흐르는 땀을 닦았습니다.

"더울 때일수록 고기를 먹어야 더위를 안 먹는다. 고기를 먹어야 하는데…… 고깃국물이라도 되게 먹어둬라."

설렁탕에 다대기를 풀어 한 댓 숟가락 국물을 떠먹었을 때였습니다. 어머니가 주인 아저씨를 불렀습니다. 주인 아저씨는 뭐 잘못된 게 있나 싶었던지 고개를 앞으로 빼고 의아해하며 다가왔습니다. 어머니는 설렁탕에 소금을 너무 많이 풀어 짜서 그런다며 국물을 더 달라고 했습니다. 주인 아저씨는 흔쾌히 국물을 더 갖다 주었습니다. 어머니는 주인 아저씨가 안 보고 있다 싶어지자 내 투가리에 국물을 부어 주셨습니다. 나는 당황하여 주인 아저씨를 흘금거리며 국물을 더 받았습니다. 주인 아저씨는 넌지시 우리 모자의 행동을 보고 애써 시선을 외면해주는 게 역력했습니다. 나는 그만 국물을 따르시라고 내 투가리로 어머니 투가리를 툭, 부딪쳤습니다. 순간 투가리

가 부딪치며 내는 소리가 왜 그렇게 서럽게 들리던지 나는 울컥 치
받치는 감정을 억제하려고 설렁탕에 만 밥과 깍두기를 마구 씹어댔
습니다. 그러자 주인 아저씨는 우리 모자가 미안한 마음 안 느끼게
조심, 다가와 성냥갑 만한 깍두기 한 접시를 놓고 돌아서는 거였습
니다. 일순, 나는 참고 있던 눈물을 찔끔 흘리고 말았습니다. 나는
얼른 이마에 흐른 땀을 훔쳐내려 눈물을 땀인 양 만들어놓고 나서,
아주 천천히 물수건으로 눈동자에서 난 땀을 씻어냈습니다. 그러면
서 속으로 중얼거렸습니다.

　　눈물은 왜 짠가

　시 감상에서 쓰이는 음미(吟味)는 읊어 보고 맛보는 것이
다. 시 감상의 네 가지 태도와 절차를 살펴보면, 먼저 읊는
다는 '음(吟)'은 '눈으로 읽기' 곧 회화적 이미지를 잡는 것
과 '귀로 읽기' 곧 음악미의 율격을 찾는 것이다. 다음으로
맛본다는 '미(味)'는 '맛보기' 곧 시의 감각미(感覺美)와 '향
내 맡기' 곧 정서미(情緒美)를 누리는 것이다. 이들이 전체
적으로 유기적인 통합을 이룰 때 작자의 음성을 들을 수 있
는 것이다.[46] 이 작가의 음성이 지배소에 응집되어 있다.

　위의 시는 두 연으로 구성되어 있다. 1연은 산문시 형식
을 취하는 긴 서술이고, 2연은 한 행이다. 긴 줄글의 무게
와 단 한 줄의 무게가 균형을 이루고 있는 구조를 취하고
있다. 세 사람이 등장하고, 그들은 서로가 서로에게 연결되
어 각각 상대를 향해 메시지를 던지고 있다. 그 메시지들은
표층으로 드러난 것 뒤에서 서로가 서로에게 어떤 손짓을

―――――――――――

46) 조지훈(1996), 앞의 글, pp.171 - 172.

주고받는다. 그것의 실체와 의미를 살펴보기로 한다.

이 시는 '밥 콤플렉스'에 기초를 두고 있다.[47] 가장 심한 사람은 어머니다. 근원적으로 말하자면 어머니는 뱃속에서부터 자식에게 밥을 주는 존재다. 다음으로 화자인 아들 역시 밥 콤플렉스를 갖고 있다. 가난해서(밥이 부족해서) 어머니를 이모님 댁에 모셔다 드리는 처지다. 그런 아들에게 어머니의 밥 문제는 풀어야 할 하나의 큰 덩어리처럼 가슴속에 담겨 있다. 설렁탕집 주인아저씨 역시 밥 콤플렉스를 이해하고 있는 사람이다. 모르는 척 국물을 더 갖다 주고, 모자의 행동을 애써 외면하려는 태도를 보이며, 깍두기를 식탁 위에 얼른 갖다 놓고 돌아서는 것에서 그것을 알 수 있다.

이 시의 감동은 밥 콤플렉스를 가진 사람들 사이에 형성된 '연민'의 관계에 있다. 연민의 마음을 가진 사람은 이미 세속의 인간적 한계를 넘어선 사람이다. 여기서 연민은 동정과 다르다. 이 작품이 감동을 주는 두 번째 이유는 서로에 대한 배려의 마음이 있기 때문이다. 어머니의 아들에 대한 배려, 아들의 어머니와 주인아저씨에 대한 배려, 주인아저씨가 아들과 어머니에게 보인 배려가 그것이다. 배려란 너그러움이고 또 타인의 입장을 헤아리는 마음이다.

이런 구조에서 이 작품이 흔히 들을 수 있는 한 편의 일화에 그치지 않고 감동의 긴장을 유지하는 이유는 절제가

---

47) 정효구(2001), 『시 읽는 기쁨』, 작가정신, pp.152 - 156 참조.

있기 때문이다. 이 절제의 힘이 이 시를 감동적이게 한다. 어머니가 주인을 의식하지 않은 채 아들에게 보란 듯이 국물을 주었다면, 주인아저씨가 잘난 체하며 적선하듯 깍두기를 주었다면, 아들이 눈물이라도 표 나게 주룩 흘렸다면 절제가 자아내는 긴장은 줄어들 수밖에 없다. 감동도 이와 함께 사라지게 되는 것이다.

마지막 연의 '눈물은 왜 짠가'는 앞의 진술 전체를 이어받으면서 그것에 마침표를 찍는 역할을 한다. 등장인물 모두가 속으로는 눈물을 흘리고 있다. 그러나 누구도 눈물방울을 흘리지 않는다. 쏟아지려고 하는 눈물을 붉어진 눈시울이 '필사적으로' 막고 있는 것이다. 눈물을 들켜 버리면 안 됨을 그들 모두는 말하지 않아도 알고 있기 때문이다. 소금이 아닌 눈물이 짜다는 것을 그들이 보여주고 있고, 독자들도 함께 경험하는 것이다.

3.3.2. 평가문항

학업 성취도 평가는 밑그림을 바탕으로 하여 설계된 수업 진행 절차에 따라 교실 수업이 진행된 뒤에 행해지는 것이다. 실제 수업에서는 밑그림과 상이한 진행이 이루어질 수도 있다. 해석의 주체는 학습자이고 텍스트는 열려 있으며 창조적 독서를 요구하기 때문이다. 밑그림은 모범적인 하나의 견본이며, 실제 진행은 교사의 조정을 통해 이루어질 수밖에 없다. 이 평가는 학습 결과의 정리, 이해도 점검, 피드백 자료 등을 위한 것이다. 아래에 평가 문항의 예를 제시한다.

1) 이 시의 지배소는 어느 것이며, 이유는 무엇인가.
2) 이 시의 핵심 인물은 누구인가.
3) 이 시의 핵심어를 3∼5개 제시하시오.
4) 이 시에서 설렁탕에 넣은 '소금'과 아무도 흘리지 않은 '눈물' 중 어느 것이 더 짜며 그 이유는 무엇인가.
5) 아래 시에서 지배소를 찾고, 그 이유를 말해 보자.

> 나는 사라진다
> 저 광활한 우주 속으로
>
> — 박정만 〈종시(終詩)〉 전문

3.4. 공통점 찾기 유형

공통점 찾기 유형은 두 작품 혹은 그 이상의 시 작품을 대상으로 한다. 서로 다른 형태 혹은 서로 다른 소재의 시들 사이에 내재하고 있는 공통점을 찾아 가는 방법이다. 개별 작품의 이해를 바탕으로 하여 각 작품이 가진 여러 요소들 중에서 공분모를 찾는 연습은 작품의 창의적 독서 능력을 기르는 유용한 방법이다. 형식상의 공통점, 내용상의 공통점 혹은 시에 담긴 세계관의 공통점 등을 주된 대상으로 할 수 있다. 아래의 밑그림을 살펴보기로 한다.

3.4.1. 밑그림

1) 김상미 <오후 세 시>

오후 세 시의 정적을 견딜 수 없다
오후 세 시가 되면 모든 것 속에서 내가 소음이 된다
로브 그리예의 소설을 읽고 있을 때처럼
의식이 아지랑이로 피어올라 주변을 어지럽힌다

낮 속의 밤
똑 똑 똑
정적이 정적을 유혹하고
권태 혹은 반쯤은 절망을 닮은 멜로디가
문을 두드린다
그걸 느끼는 사람은
무섭게 파고드는 오후 세 시의 적막을 견디지 못해
차를 끓인다

너 또한 그렇다
부주의로 허공 속에 찻잔을 떨어뜨린다 해도
순환의 날카로운 기습에 눌려
내면 깊이에서 원하는 대로
차를 마실 것이다

공약할 수도 훼손시킬 수도 없는
오후 세 시의 적막
누군가가 일어나 그 순간에 의탁시킨
의식의 후유증을 턴다

그러나 그건 제스처에 불과하다
오후 세 시는 지나간다
읽고 있던 책의 한 페이지를 덮을 때처럼
뚝딱 뚝딱 뚝딱……
그렇게 오후 세 시는 지나간다

정적 안에서 소용돌이치던 정적 또한 지나간다
흐르는 시간의 차임벨 소리에 놀라
여전히 그곳에 남아 있는 건
우리 자신의 내부,
그 끝없는 적막의 두께뿐이다

2) 김지하 <새벽 두 시>

새벽 두 시는 어중간한 시간
잠들 수도 얼굴에 찬물질을 할 수도
책을 읽을 수도 없다
공상을 하기는 너무 지치고
일어나 서성거리기엔 너무 겸연쩍다

무엇을 먹기엔 이웃이 미안하고
무엇을 중얼거리기엔 내 스스로에게
너무 부끄럽다. 가만있을 수도 없다

아무것도 할 수 없다
새벽 두 시다
어중간한 시간
이 시대다.

<오후 세 시>에서 우리는 질문한다. '왜 이 시간을 넘기기가, 아니 견디기가, 아니 통과하기가, 아니 맞이하기가

그렇게도 힘든 것일까?' 공통적인 답은 적정, 적막, 고독, 권태, 심심함, 지루함, 막막함, 불안감 등이다. 오후 3시는 엄연히 낮의 시간이다. 그러나 '견딜 수 없는 정적'을 느끼며 불안감과 무섬증에 빠진다. 우리의 몸은 물론 우리 주변에 있는 모든 것들이, 그리고 우리 몸으로 파고드는 모든 것들이 사막의 모래알처럼 도저히 통제할 수 없는 '소음'으로 느껴진다.[48]

둘째 연에서 '낮 속의 밤'과 같은 시간 속에 정적은 다른 정적을 불러서 더 두텁고 무거운 정적의 공간을 만들며 문을 두드린다. 그 정적과 함께 몰려온 권태와 절망을 견디지 못해 나는 '차를 끓인다'. 이것이 오후 3시를 통과할 그 나름의 방법으로 선택한 것이다.

셋째 연에서 넷째 연으로 이어지면서, '너 또한 그렇다'고 말함으로써 나만이 아니라 당신들도 오후 세 시의 적막 앞에서 차를 끓일 수밖에 없는 존재라고 단정한다. 시인이 맞이하는 오후 3시의 풍경에 우리는 공감하게 된다. 우리 모두가 오후 3시에 차를 끓이고 그 차를 마시는 일은 하나의 운명과도 같은 일이다. 오후 3시는 우리에게서 지나갈 것이지만 그 오후 3시는 다시 돌아올 수밖에 없는 것이다.

마지막 연, '여전히 그곳에 남아 있는 건 / 우리 자신의 내부, / 그 끝없는 적막의 두께뿐이다'에서 보면, 정적의 오

---

48) 이와 관련된 부분은 정효구(2001), 앞의 글, pp.202 - 209 참조.

후 3시는 지나가지만, 인간이란 존재인 우리 자신의 내부에는 그 시간과 관계없이 근원적으로 만나고 견뎌야 할 '두터운 적막'의 성층이 숨어 있다. 오후 3시는 물론이거니와 우리는 그 언제라도 적막이 기습해 오는 것을 느낀다. 오후 3시에 다가오는 자신의 내부를 깊이 관찰하고 통찰하며 마침내 그것을 인간 존재의 조건 내지는 운명 같은 것으로 보편화시키고 있다.

<새벽 두 시>에서도 우리는 '어중간한 시간'에 갇힌 자아를 발견한다. 그 시간은 잠을 잘 수도 잠을 깨울 수도 없고, 책을 읽을 수도 공상을 할 수도 없다. 무얼 먹기도 혼자 중얼거릴 수도 없고, 그렇다고 가만있을 수도 없는 상황이다. 어둠이 내린 적막 속에서 이러지도 저러지도 못하는 고민을 읽을 수 있다. 가슴은 뜨거운데 바깥은 어둡기만 하고 주위는 적막한 고독에 점거당해 있다. 가슴이 뜨겁기 때문에 더 고통스러울 수밖에 없다.

'아무것도 할 수 없다'에 이르면 철창에 갇힌 호랑이 신세임을 자인하고 만다. 무엇인가를 해야만 하는데, 하기 위해서 발버둥을 쳐 보지만 할 수 있는 것이 없다. 새벽 두 시는 깊은 밤이다. 그리고 새벽 두 시는 곧 새벽의 기운이 찾아드는 시간이다. 새벽이 가까워 오니 잠을 청할 수도, 아직 밤이니 깨어 움직일 수도 없는, 시간의 철창에 갇힌 것이다. 그 시간의 구속은 곧 공간의 구속으로 연결되고,

무기력한 존재임을 인정하지 않을 수 없는, 그런 시대라는 결론으로 이어진다.

우리는 적막을 떨치기 위해 그것을 회피하거나 타협하고 자 한다. 그래서 차를 끓이고 차를 마신다. 또한 잠을 자려고도 하고 잠을 깨우려고도 한다. 책을 읽기도 하고 서성거리기도 해 보지만 지워지지 않는 것이 적막이고, 불안이고, 고독이고, 어지럼증이다. 그럼에도 불구하고 우리는 우리의 인생을 포기할 수 없고 그것을 회피할 수도 없다. '견디어 내어야' 하는 것이다. 그것이 위안이다.

위의 두 시는 한낮과 한밤이라는 전여 다른 시간대를 배경으로 하고 있다. 그러나 그곳에서 '적막과 고독'이라는 공통점을 우리는 발견할 수 있다. 또한 노래되는 대상은 인생과 시대로 각기 다르지만, 그것이 주는 아픔에 고통받고 있는 것은 공통이다. 고민의 범위는 개인과 전체(공동체)로 규모가 다르지만 두 작품에서 모두 우리는 존재론적 고민을 읽을 수 있다. 성격 면에서 소시민적 태도와 정치적 태도를 보이고 있지만, 두 작품 모두에서 체념과 위로의 핵심어를 추출할 수 있다.

3.4.2. 평가문항

* 위의 <오후 세 시>와 <새벽 두 시>에서 발견할 수

있는 공통점을 밑줄 위에 적으시오. [1)~4)]

1) 한낮 – 한밤: _______________________________

2) 인생 – 시대: _______________________________

3) 개인 – 전체: _______________________________

4) 소시민적 태도 – 정치적 태도: _______________________

5) 공통점 찾기에 적합한 한 쌍의 시를 찾아 제목과 원
   문을 쓰시오.

3.5. 차이점 찾기 유형

차이점 찾기 유형도 두 작품 혹은 그 이상의 작품을 대
상으로 한다. 같은 제목이나 소재 등을 가진 개별 작품의
감상을 통해 각 작품의 주제를 밝히고, 이어서 각 작품에
발견한 특징들 중에서 서로의 차이점을 찾아 그것을 구체
화시키는 학습이다. 이를 통해서 작품을 보다 정교하게 이
해하는 능력을 기를 수 있고, 작품의 실체에 보다 가까이
다가갈 수 있다. 이러한 과정에서 학습자의 창의적인 독서
능력이 필수적으로 요구된다.

아래에서 <자화상>이라는 같은 제목의 두 시를 예로

살펴보기로 한다. 자화상은 우리의 나르시시즘적인 본능을
촉발한다. 이것은 우리의 자아 검열 욕구를 채워주는 것이
기도 하다. 껍질에 싸인 자신의 속내를 성찰하여 그것의 정
수를 고백을 통해 제시할 수 있을 때 자화상을 그릴 수 있
다. 그것은 철저한 자기반성이며 자기애를 바탕으로 하기
때문에 자기 인생에 대한 화해의 손짓이기도 하다. 밑그림
의 예를 통해서 이를 확인해 보도록 한다.

3.5.1. 밑그림

1) 서정주 <자화상>

애비는 종이었다. 밤이 깊어도 오지 않았다.
파뿌리같이 늙은 할머니와 대추꽃이 한 주 서 있을 뿐이었다.
어매는 달을 두고 풋살구가 꼭 하나만 먹고 싶다 하였으나……
흙으로 바람벽한 호롱불 밑에
손톱이 까만 에미의 아들.
갑오년(甲午年)이라든가 바다에 나가서는 돌아오지 않는다 하는
외할아버지의 숱 많은 머리털과
그 크다란 눈이 나는 닮었다 한다.
스물세 해 동안 나를 키운 건 8할(八割)이 바람이다.
세상은 가도 가도 부끄럽기만 하더라.
어떤 이는 내 눈에서 죄인(罪人)을 읽고 가고
어떤 이는 내 입에서 천치(天癡)를 읽고 가나
나는 아무 것도 뉘우치진 않을란다.
찬란히 틔워오는 어느 아침에도
이마 우에 얹힌 시(詩)의 이슬에는
몇 방울의 피가 언제나 섞여 있어

볕이거나 그늘이거나 혓바닥 늘어트린
병든 수캐마냥 헐떡거리며 나는 왔다.

2) 윤동주 <자화상(自畵像)>

산모퉁이를 돌아 논가 외딴 우물을 홀로 찾아가선 가만히 들여다
봅니다.

우물 속에는 달이 밝고 구름이 흐르고 하늘이 펼치고 파아란 바
람이 불고 가을이 있습니다.

그리고 한 사나이가 있습니다.
어쩐지 그 사나이가 미워져 돌아갑니다.

돌아가다 생각하니 그 사나이가 가엾어집니다. 도로 가 들여다보
니 사나이는 그대로 있습니다.

다시 그 사나이가 미워져 돌아갑니다.
돌아가다 생각하니 그 사나이가 그리워집니다.

우물 속에는 달이 밝고 구름이 흐르고 하늘이 펼치고 파아란 바
람이 불고 가을이 있고 추억(追憶)처럼 사나이가 있습니다.

- 1939. 9.

서정주는 1915년생이며 23세 되던 1939년 중추(仲秋)에
<자화상>을 창작하였다.[49] 그리고 윤동주는 1917년생으
로 역시 23세 되던 1939년 9월에 <자화상>을 썼다.[50] 두

---

49) 서정주(1972), 『서정주 문학 전집』, 일지사, p.313.
50) 홍장학(2004), 『정본 윤동주 전집 원전 연구』, 문학과지성사, p.276.

작품 모두 시인이 23살 가을에 쓴 것이다. 이는 우연일 수도 있지만, 우연이라 하더라고 그것이 시사하는 바는 간과할 수 없다. 일제 식민지라는 동일한 환경에서 동연배로 태어나 20대 초반에 자기반성을 토대로 한 자화상을 시로 창작하였다는 점이 보여주는 유사성은 적지 않다.

먼저 서정주의 시에서 보면, '애비는 종이었다'는 진술은 '나는 종이었다'는 말보다 더 고백하기 힘든 말이다.[51] 우리는 이 고백적인 문장으로부터 나라는 존재의 자기규정이 독립된 나 자신으로부터 시작되지 않고 아비로 상징되는 부모 혹은 조상으로부터 시작된다는 사실을 직시하게 된다. 서정주는 "나는 고아이다."고 말하지 않고 "애비는 종이었다."라고 함으로써 그는 자신의 운명을 수락하는 것, 곧 자신에게 불가항력적으로 덮쳐 온 운명과 화해하고자 한 것이다. 그러나 그 화해는 '아픈 화해'이자 '슬픈 화해'였다.

서정주의 자화상 속에는 아버지가, 어머니가, 할머니가, 대추나무가, 외할아버지가 들어 있다. 그들의 슬픈 삶과 역사와 인생이 들어 있다. 가족주의를 넘어 생각한다면, 이 땅의 전 역사가 들어 있다고 할 수 있다. 1연 7행부터 자신에게 시선을 집중하고 있다. 그것은 '바람'인데, 그 말 앞에서 자유, 방황, 떠돎, 불안, 번뇌, 갈망, 초월, 흥분, 가변, 외침, 객기, 욕망 등과 같은 것을 떠올릴 수 있다. '부

---

51) 이하 해석 부분은 정효구(2001), 앞의 글 pp.33 – 42 참조.

끄러움’은 개인, 사회, 우주적인 문제, 그리고 이들이 결합
되면서 한 인간이 이 세계 속에서 느끼는 부끄러움이다.

이 시 속에는 인생의 아픔과 번뇌와 열정과 소망과 비탄
과 방황이 들끓으며 녹아 있다. 아직 세상 물정을 잘 모르
는 스물세 살의 청춘기, 그래서 볕인지 그늘인지 구별조차
가지 않는 혼란기, 그렇지만 기를 찾아 몸을 불사르고 싶어
언제나 헐떡거리는 발정기, 그 속에서 열정에 스스로 몸이
달구어져 초월을 꿈꾼 이상기, 이 모든 것들이 우리가 주목
하는 구절 ‘헐떡거리며’ 속에 압축되어 있다.

‘애비는 종이었다’로 시작하여 ‘병든 수캐마냥 헐떡거리
며 나는 왔다’로 끝나는 서정주의 <자화상>에는 운명이라
는 말로 표현할 수밖에 없는 가족사의 비극과, 심장에 물기
가 마를 때까지 시를 쓸 수밖에 없었던 한 시인의 운명이
함께 그려지고 있다. 그 운명은 슬프고 고단한 세계를 품고
있으면서도, 비극적 황홀감 또는 초월을 꿈꾸는 자의 아름
다움을 볼 수 있게 한다.

한편, 윤동주의 <자화상>을 살펴보기로 한다. 이 작품
에서 시적 주체는 우물 밖에 존재하면서 우물 안의 세계와
서로 충돌 또는 화합을 반복하고 있다.[52] ‘관심(들여다봄)

---

52) ㉠ ‘찾어가선 들여다 봄’(1연), ㉡ ‘미워져 돌아갑니다’(3연), ㉢ ‘가엾어집니다.
　　도로 가’(4연), ㉣ ‘다시 미워져 돌아갑니다’(5연), ㉤ ‘그리워집니다’(5연)의 반
　　복이 그것이다.

→ 미움 → 가엾음 → 미움 → 그리움'의 감정의 기복을 거치면서 '자기 성찰의 변증법적 갈등'을 겪게 된다. 그리고 이런 감정에 따라 '감 → 돌아섬 → 다시 감 → 다시 돌아섬 → (되돌아 감)'을 반복하면서 결국 자신의 운명과의 화해에 이르지 못하고 있다.[53]

이 시에서 시간의 축을 문제 삼을 때 현재 상태의 현실 자아와 우물 속의 과거 자아의 관계를 설정할 수 있다. 다른 한편으로 공간의 축으로 살펴볼 수도 있다. 우물 속에서 추억으로 존재하는 아름다운 '사나이'와 우물 밖에서 그 추억 속의 사나이를 찾는 현실 속의 '나'의 관계가 그것이다. 그 우물은 속에 밝은 달이 떠 있고, 구름이 흐르고, 하늘이 펼쳐지며, 파란 바람이 부는 아름다운 곳이다. 뿐만 아니라 가을이 있는 곳이다.

가을은 풍요로움이기도 하고 한편으로는 결실의 단계이므로 '마침'의 단계이기도 하다. 그것은 곧 새로운 출발을 예비하는 것이다. 그 끝에 '추억'이 있다. 이는 우물 속의 풍경이라 할 수 있다. 그래서 현재의 '나'는 추억처럼 있는 '사나이'를 '찾아가선' 다시 '돌아서게' 되는 것이다. 마찬가지로 돌아서서 떠나지만 다시 찾을 수밖에 없는 것이다.

위의 두 <자화상>을 비교해 보기로 한다. 운명과의 관계에서 보면, 서정주는 자신의 운명을 수락함으로써 화해를

---

53) 지현배(2004), 『윤동주 시의 세계; 영혼의 거울』, 한국문화사, p.69.

하게 된다. 그러나 윤동주는 자신의 운명 규정에 실패함으로써 끝내 화해에 이르지 못한다. 서정주 시의 핵심어는 '바람'이다. 이는 과거이면서 미래에 대해 열려 있다. 이는 현재가 해방되어 있음을 나타낸다. 윤동주 시의 핵심어는 '추억'이다. 이는 과거에 뿌리를 두면서 여전히 과거에 갇혀 있다. 이는 현재의 구속을 의미한다.

그리고 서정주의 시가 현실 세계에서의 인간 존재에 대한 해석을 추구하고 있으며, 현실 속에서 승화되는 자아를 통해 초월의 아름다움을 그리고 있다면, 윤동주의 시는 자연 혹은 우주 속에서의 인간 존재에 대한 해석을 추구하고 있고, 현실과 괴리되는 자아를 통해서 수평적 미래에 대한 절망을 그리고 있다고 할 수 있다. 이런 차이는 자아와의 화해 여부에 뿌리를 두고 있다. 두 시에서 그리는 풍경도 서정주의 것은 인생, 윤동주의 것은 우주의 스케일을 담고 있다.

3.5.2. 평가문항

* 밑줄 위에 적당한 말을 쓰시오.

1) 운명과의 관계
- ○ 서정주: 자신의 운명 수락 - __________에 이른다.
- ○ 윤동주: 자신의 운명 규정 실패 - __________에 이르지 못한다.

2) 핵심어

   ○ 서정주: ________ 과거이면서 미래에 대해 열려 있다.
   ○ 윤동주: _________ 과거이면서 과거에 갇혀 있다.

3) 자아

   ○ 서정주: __________________ 자아-초월의 아름
   다움
   ○ 윤동주: __________________ 자아-수평적 미래
   에 대한 절망

4) 배경/풍경

   ○ 서정주: __________에서의 인간 존재에 대한 해석
   ○ 윤동주: __________에서 인간 존재에 대한 해석

5) 차이점 찾기에 적합한 한 쌍의 시를 찾아 제목과 원
   문을 쓰시오.

3.6. 능동적 독서와 깨달음의 가치

학습자가 중심이 되는 교육은 교육 현장에서 일고 있는
강한 물결이다. 학습자 중심의 시 교육은 작품의 역사성과

예술성이 수용자의 작품 체험 속에 내재해 있다고 보는 수용미학의 이념에 기대어 있다. 독자인 학생이 해석의 주체가 되고 작자와 교과서로 대변되는 텍스트가 가진 경직성의 완화를 추구하며, 교사의 역할에 대해서도 수업을 주도하던 자리에서 한 걸음 물러설 것을 요구한다.

교육 현장에서 활용할 수 있는 수업 모형 탐구는 세 가지 유형을 통해서 제시하였다. 지배소 찾기, 공통점 찾기, 차이점 찾기의 방법이 그것이다. 교수–학습의 절차를 '밑그림 준비, 작품 감상 절차 이행, 주제정리와 평가, 학습자의 내면화, 학습 결과 평가'로 요약하고, 교실 수업에서의 활동 영역을 제외한, 교수자 준비 영역인 밑그림 준비와 학습 결과 평가를 중심으로 논의를 진행하였다.

여기서 제시한 밑그림은 절대적인 것이 아님은 주지의 사실이다. 다양하게 변용될 수 있으며, 그것에 따라서 평가 문항 또한 바뀌어야 한다. 문학작품이 가진 해석의 다양성은 창조적 독서 능력을 기름으로써 접근할 수 있다. 이 논의는, 독자인 학습자가 작품 이해의 중심에 서서 문학의 향기를 경험하고, 그것에서 얻은 깨달음을 자기 성장의 동력으로 삼는 교수–학습을 실현하기 위한 노력의 하나이다.

'시와 삶 읽기'
수업 모형 탐구

4.1. 삶의 그림자로서의 시

시는 삶의 그림자이며 삶의 기록이기도 하다. 이때 그림자는 일상의 땀 냄새 또는 삶의 체취라고 바꾸어 말할 수 있고, 기록은 일상에서의 고민과 환희와 사고와 행동이 시공을 초월하여 어떤 자리를 마련하는 것이라고 할 수 있다.[54] 시가 일상에 뿌리를 두고 일상의 체취를 그린다는 점에서, 우리는 시를 통해서 당대의 민중들이 몸담았던 삶의 양상을 읽을 수 있다. 이것이 우리가 시 공부를 통해서 얻을 수 있는 효용이자 시 공부가 갖는 중요한 가치이다.

시에는 영원히 변하는 가운데 영원히 변하지 않는 무엇이 있다. 시인과 시대와 사회를 깡그리 초월해 버리는 것이 시다.[55] 서로 다른 시기에 살면서도 우리가 지난 시대의 삶을

---

54) 지현배(2004), 『삶의 그림으로서의 시 창작 강의』, 한국문화사, p.13.
55) 조지훈(1996), 「시의 감상」, 『시의 원리: 조지훈 전집』 2권, 나남출판, p.173.

탐구함으로써 현재와 미래의 교훈을 얻을 수 있는 것은 이 때문이다. 시에는 당대의 시대정신이 담겨 있지만, 그것은 그것에 갇히지 않고 시공을 초월하는 생명력을 가지는 것이다. 이는 역사의 순환에서도 그 논거를 빌려 올 수 있으며, 시사의 탐독을 통해서도 그것을 확인할 수 있다.

우리가 시를 통하여 시대의 삶을 읽을 수 있는 것은 시가 그 시대 사람들의 삶을 담고 있기 때문이다. 시의 여러 양태 중에서 특히 서사시에서 그것이 두드러진다. 중세 이후부터 최근에 이르기까지 서사시는 꾸준히 창작되어 왔고, 우리의 시사에서 서사시는 '시는 언제나 민족 지성의 정화(精華)가 될 수 있는 원천이다. 시는 민족의 절규이기도 하다. 굴욕과 부당한 빈곤과 무지로부터 인간은 해방되어야 한다.'[56]는 주장에 가장 부합하는 전통을 유지해 왔다.

국문학 연구자들 사이에서 '서사'에 대한 개념과 범주, 그것과 주변 장르들 간의 관계에 대한 논란은 지속되어 왔고,[57] 쉽게 결론을 낼 수 있는 문제도 아니다. 서사시, 담시, 이야기시 혹은 장시라는 용어가 선택적으로 사용되고 있다. '서사시'는 작품의 내용상의 특징을 반영하는 데 유

---

56) 최광호(1978), 『기상통보(氣象通報)』, 시문학사, 시집 후기, p.141.

57) 대표적인 논의로는 다음과 같은 것이 있다. 홍기삼(1975), 「한국서사사의 실제와 가능성」, 『문학사상』 3월호, 염무웅(1982), 「서사시의 가능성과 문제점」, 김윤수 외 편, 『한국문학의 현단계 Ⅰ』, 창작과 비평사, 김준오(1990), 「한국현대 장르비평론』, 문학과 지성사.

리하고 친숙한 용어라는 점이 장점이다. '장시'[58]는 장르 체계상의 문제를 해결하기 위해 다소 중립적인 성격을 띠는데, 이 중립적 성격이 실제 작품군에 적용할 때에는 단점으로 작용하기도 한다.[59]

우리 시사에서 서사시는 현실주의의 발전으로 형성된 동시에 현실주의를 풍부하게 한 것이다.[60] 시대의 현실에 밀착된 묘사와 그것에 그려진 문제의식은 그 시대를 읽어내기에 가장 적합한 재료가 될 수 있다. 시대상을 문제 삼을 때 서사시의 중요성이 대두되는 이유가 여기에 있다. 이 점에서 현대시에 그려진 현재의 시대상 읽기 수업에 활용하기 위한 자료를 정리하는 이 글의 목적에 가장 부합하는 양식도 서사시가 될 수 있다. 지나간 시대의 서사시는 시대와 역사의 비교 대상이 된다는 점에서 유용하다.

이 글은 현대시 수업에서 활용할 수 있는 자료를 가공하여 정리하고 그것의 활용 방안을 모색하는 것이 목적이다. 그러한 시도의 한 예로, 15세기 후반부터 19세기 말까지의

---

58) 필자는 '국경의 밤', '금강', 대설 '남' 등 일련의 현대시 작품들의 장르적 성격을 밝히는 논의에서 '장시'라는 용어를 선택한 바 있지만(지현배(1992), 「한국 현대장시 연구」, 경북대학교대학원 석사학위논문, p.8.), 이 논의에서는 편의상 '서사시'라 칭하기로 한다.

59) 서사시, 담시, 고사시, 단형서사시 등으로 사용되는 용어들에 대해 이 글에서는, 인용의 경우 이들을 원문대로 인용하되, 모두 '서사시'라는 용어로 통칭하기로 한다.

60) 임형택 편역(1992), 「현실주의의 발전과 서사한시」, 『이조시대 서사시』, 창작과 비평사, p.11.

시기에 걸쳐 창작된 작품 중에서 서사의 성격을 갖추고, 당대의 현실을 두드러지게 표현하고 있는 작품을 우선 살피고자 한다. 이를 바탕으로 하여 이들을 현대시의 이해 학습에 활용할 수 있는 방안을 모색하고자 한다. 삶을 토대로 한 이러한 서사시 자료에 대한 독서 경험은 학습자가 시대와 삶의 문제에 대한 인식의 깊이를 더하는 데도 기여할 수 있다.

4.2. 고난으로서의 삶

이 글에 인용된 시들이 쓰인 당시는 민초들의 생존의 조건이 악화된 것은 물론이거니와 그런 상황에서 현실의 삶을 반영하는 작품이 쓰였다는 것은 서사적 역량이 성장할 수 있는 토대가 마련된 상황이라고 할 수 있다. "이조사회의 기본적인 모순이 심화된 현상과 이에 대한 인민들 자신이 생존의 마당에 부딪치고 싸우는 과정에서 자기 존재를 발견하게 되는 현상이다. 체제 모순의 심화, 거기에 맞서 생존을 위해 고투하는 인민의 형상은 바로 서사시의 내용이다."[61]는 지적에서도 이를 확인할 수 있다. 생존의 조건이 악화될수록 그것에 비례해서 민초들의 의식도 성숙해

---

61) 임형택 편역(1992), 앞의 책 p.21.

간다는 것을 이들 자료가 말해 주고 있다.

여기서, "아무리 부패한 사회라 할지라도 시의 맑은 샘물이 아주 마르지 않는 한 그 사회에 대한 절망을 보류하지 않으면 안 되는 것"[62]이라는 주장을 원용한다면, 그 시대도 삶의 에너지가 방전되지는 않았음을 위안으로 삼을 수 있다. 당대 민초들의 삶의 현실이 말로 표현할 수 없을 정도로 피폐한 상황이라고 해도, 이런 서사 정신이 살아 있는 한 그곳에는 그것을 극복하고 생존 조건을 개선할 희망이 얼음 밑으로 흐르는 냇물처럼 쉼 없는 삶의 동맥으로 흐르고 있었다고 할 수 있다.

4.2.1. 착취와 굶주림

먹을 것이 떨어진 상태에서는 정신적, 육체적 고통의 극한을 경험하게 된다. 그기에 부역의 고통을 져야 하고, 처자나 부모가 딸린 가장의 경우는 그 고통이 한층 클 수밖에 없다. 이런 고난은 인간이 겪는 고난 중 가장 원초적인 것이면서 그로 인해 받는 고통은 그만큼 본질적인 것이 된다. 생존 자체에 대한 위협은 결국 삶과 죽음이라는 일차적인 문제를 대면하는 생활이 될 수밖에 없다. 일상에서 죽음은 공포와 두려움이고, 이로 인해 자포자기 혹은 원망과 한

---

62) 조지훈(1996), 앞의 책, p.168.

탄의 형태로 반응하기도 한다. 아래에 가려 뽑은 것은 굶주림과 가혹한 노동의 고통을 그린 시들이다.

> 한몸에 부역이 / 삼실처럼 얽혔으니 / 동쪽에서 달라붙고 서쪽에서 시달리고 / 이 신세 괴로운 일 어찌나 많은지 //
> 식구들 모두 나를 원망하니 / 나 귀막고 들은체 않는다오. // 저 구중궁궐의 / 그윽하고 깊은 문 / 한번 나아가 호소나 하려도……
>
> —〈44-6, 어느 농부 이야기〉[63]

> 계집아이 밥을 빌러 / 사립문 동쪽 고샅으로 나가고 // 고을아전 납세 독촉 / 사립문 서쪽 고샅에서 들어온다. // 백발의 산골 늙은이 / 대책 없이 멍하니 앉아 // 노여움 하늘을 가리키며 / 해를 보고서 꾸짖는다. //
> 명년에 시운은 / 풍흉을 점칠 수 없으되 // 산골 늙은이 신세 / 부황나 죽을 건 기필하겠네.
>
> —〈55-6, 겨울비〉

> 아이들 배고파 보채는 거야 참는다지만 / 늙으신 부모님은 어찌하리요? //
> 아전놈들 유독 어떤 사람이기에 / 공세 바치라 닦달하고 / 또 사사로이 뜯어가다니……//
> 하늘에 '죽여 주십사' 부르짖어도 / 들어 줄 자 그 누구란 말이냐? // 슬프고 슬프다 구언받지 못해 / 시체로 빈 구렁 메꾸는가! //
>
> —〈57-8, 농가의 원성〉

굶는 고통은 차라리 견딜 수 있다. 어쩌면 그런 고통을 희화해서 표현한 것인지도 모른다. 그런 표현이 실제로 굶

---

63) 임형택(1992), 앞의 책, pp.44-6. 이하 출처를 따로 밝히지 않은 것은 이 책에 실린 것이고, 〈 〉안 제목 앞의 숫자는 실린 쪽수이다.

주림을 겪는 민초들의 모습일 수도 있고 표현하는 작가의 덧칠이 가미된 것일 수도 있지만, 그것에는 일말의 여유가 남아 있다. 그러나 빈곤으로 인해 가족이 굶어 죽는 것을 속수무책 바라보고 있어야 하는 경우도 작품에서 읽을 수 있다. 아사(餓死)는 현재에도 계속되고 있지만, 가족의 그것을 경험해야 하는 상황에서는 인간 존재의 극한에서 경험하는 고난이라고 할 수 있다.

굶주림으로 인해 가족을 잃어야 하는 사태를 맞고 생기는 감정은 슬픔이라기보다 분노의 성격을 띨 수밖에 없다. 그것은 어떻게 손 써 볼 수 없는 무기력한 자신에 대한 분노가 될 수도 있고, 자신을 무력하게 만드는 수탈자에 대한 것일 수도 있다. 보다 근본적으로는 흉년을 준 자연에 대한 것일 수도 있고, 이들의 복합 내지 불특정의 대상에 대한 것일 수도 있다. 어떤 원인에서든 그것의 색깔은 분노의 형태이기 마련이다.

> 길가에 굶주린 사람들 / 남자는 앞서고 여인네 울며 따르네. // 풀섶을 헤치고 이슬 맞아 / 누렇게 뜨고 그을린 얼굴들 / 사람 꼴이 아니더라.//
> 하늘도 무심하사 우리 고을 유독 가물어 / 논밭은 해마다 벌겋게 타고 // 며느리 굶은 끝에 부황나 죽으니 / 산골에 비바람 맞고 버려졌다오. // 죽어간 사람은 참으로 편하지요. / 남아있는 어린 것 어떻게 키워낼지…//
>
> −〈133−6. 무안백성〉

죽거나 살거나 / 같이 살 수 없을거나. //
기근이 심하여 / 자식을 바꾸어서 / 잡아도 먹는다네요. /

-〈178-82, 관북백성〉

　이 시들에서는 보다 극한 상황이 그려지고 있다. 굶어 죽었더라도 "죽어간 사람은 참으로 편하지요. 남아 있는 어린 것 어떻게 키워낼지" 하는 한탄은 민초들의 생활이 어떠한지를 적나라하게 드러낸다. 개똥밭에 굴러도 이승이 좋다는 말로도 이들을 위로할 수 없는 단계이다. 삶의 고통이 가져온 것은 목숨을 이어가리라는 자신감의 상실이고, 그 자신감을 상실한 무력함은 결국 살아 있는 것에 대한 공포로 이어진다. '남아 있는 어린것을 어떻게 키워낼지'에 이런 심정이 잘 나타나 있다. 이보다 더 기막힌 장면이 나타나기도 한다.

　이런 삶에 대한 무기력과 공포의 단계를 넘어 '인간성'에 대한 본질적인 물음을 제기할 수 있는 위치에까지 서게 된다. 기근이 심하여 직면한 죽음의 문제를 해결하기 위한 방편으로 자식을 죽이는 단계로까지 나아가는 것이다. 인간과 동물의 한계를 모호하게 하는 이런 현실 앞에서 인간이 선택해야 하는 것이 어떤 것인지 의문을 갖게 한다. 자식의 목숨을 없앤 대가로 자신들의 생을 이어가야 하는 민초들의 기막힌 아픔이 절절히 배어 나오고 있다.

4.2.2. 유민과 가정파괴

아래 시들이 그리고 있는 세계를 보면, 가족이 굶어서 부황으로 죽는 것을 지켜보면서도 어떻게 손을 쓸 수조차 없는 무력한 상태가 민초들이 처한 현실이다. 전장에서 자식과 남편을 잃은 여인에게 아무런 생계 대책이 서 있지를 않으니 대책 없는 떠돌이가 된다. 뿐만 아니라 관리들의 수탈을 견디지 못해 결국 고향을 떠나는 것을 선택할 수밖에 없는 현실의 아픔도 민초들이 겪는 고난의 한 형태로 나타나고 있다.

삶의 극한 상황에 대한 경험을 반복해서 맞게 되는 민초들이 그 고통으로부터 일시적인 도피의 수단으로, 최선의 방편으로, 선택의 여지가 없어 행하게 되는 것이 집을 나서는 것이다. 이런 유민에게 무슨 대책이 있을 리가 없다. 앞날에 대한 희망도 없으니 기다림의 의지가 있을 리도 없다. 이런 삶의 근원적 위기에 대한 반복된 경험이 백성들의 삶을 어떤 형태로 피폐화시키며, 그 아픔이 그려지는 시는 어떤 모습으로 드러나고 있는지 아래에서 살피기로 한다.

집도 땅도 다 잃고 / 남은 거라곤 맨몸뚱이 / 하늘로 날아갈까 땅으로 꺼질까? / 일신을 간수할 곳 바이 없이 // 아내는 동쪽으로 자식은 서쪽으로 / 이 내 몸은 남쪽으로 / 구름처럼 흘러가고 빗물처럼 흩어져서 / 천지간에 아득하고 아득할 뿐이었소. //

― 〈60 ― 3. 거지의 노래를 듣고〉

우리 집안 장정이 많아서 / 여남은 명이나 되는데 / 태반이 견디
지 못하고 / 고향 떠나 되땅으로 넘어갔다오. // 낯선 되땅에 가서
살자 하면 / 괴로움 이루 다 말하랴만 / 장군 밑에 그대로 있으면서 /
피와 기름 빨리기보다 낫다뿐이오. //

-〈83-6. 지친 병사의 노래〉

들건대 옛 어진 임금들 / 살 집과 벌어 먹을 땅 / 백성에게 마련
해 주셨거니 / 어찌 요역으로 괴롭혀 / 정든 땅 고향 마을 / 못지키
고 떠나게 한단 말인가! //

-〈133-6. 무안백성〉

가장 기본적인 생존의 조건인 주거지를 잃어버리는 데
대한 해결은 국왕도 할 수가 없는 실정이 나타나고 있다.
낯선 중국 땅에서 고생하는 것이 오히려 고국 땅에서 겪어
야 하는 고통보다 훨씬 견딜 만하다고 그리고 있는 이 작
품이 말하는 것은 결국 체제의 통치능력의 붕괴를 지적하
는 것에 다름 아니다. 나라님마저도 민초들이 기대고 비벼
야 할 언덕이 되어 주지 못하고 그것으로 인도해 주지도
못하는 현실에서 백성들이 경험하는 혼란과 전망 부재의
현실이 그려지고 있다.

유민뿐만 아니라 가정파괴를 그리고 있는 작품들도 있다.
굶주림으로부터 헤어날 수 없는 상황에서 그것을 해결할
길이 없어 대책 없는 유랑의 길을 나서야 하는 그들이 겪
어야 하는 시련은 유랑으로 그치지 않는다. 이미 의식주로
부터 소외된 이들은 생활의 기본 단위인 가정의 울타리마

저도 유지할 수가 없다. 부부가 서로 헤어져야 하고 부모 자식이 같이 지낼 수가 없다. 그것의 원인으로는 천재와 인재가 겹쳐져 있다. 이는 결국 인간 삶의 기본적인 조건들이 차례로 무너지고 있음을 의미하는 것이다.

> 우리 두 사람을 보고 이르기를 / 양식을 얻어서 저녁나절 돌아오겠노라.//
> 해는 지고 저물어도 어머닌 오시잖아 / 울며불며 긴 밤 지새우고 //
> 아침에 주린 배를 견대지 못해 /
>   -〈70-1. 거지 아이를 보고〉

> 어미 잃고 울며불며 / 갈림길서 헤매네. //
> 아비는 진작 집을 나갔고 / 울 엄니 알 품은 새 되었지요. //
> 잠에서 깨어 이리저리 살펴봐도 / 어머닌 계시지 않습니다. //
>   -〈260-2. 오누이〉

어린 아이들이 양식을 얻으러 나간 어미를 기다렸으나 끝내 어미의 모습이 보이지 않아 주린 배를 견디지 못해 구걸하러 나온 것이 위의 첫 인용의 내용이다. 그 아래의 것 역시 사정은 마찬가지다. 아비는 진작 집을 나갔는데, 어미는 알을 품은 어미 새의 처지라 어린 것들을 어쩌지 못하여 같이 있다가 종국에는 그 어미마저 아이를 버리고 어디론가 사라져 버린 것이다.

자식을 위해서라면 목숨이라도 대신할 수 있는 것이 부모일진데, 아비도 아닌 어미가 자식을 버리는 일이 일어나

는 상황은, 인간의 가장 본질적인 생존의 조건마저도 구비
되지 못한 상황이다. 홍수로 불어난 강물에 자식이 떠내려
갈 때 자기 목숨을 부지하고자 죽어가는 자식을 보고 있을
부모가 없다면, 위와 같이 부모가 자식을 버려야 하는 상황
이 제공되는 것은 민초들에게는 생존의 의의마저 상실하는
인간 삶의 원초적 파괴에 해당하는 것이다.

> 어머니 남쪽 길로 / 아들은 북쪽 길로 // 길가에 서서 머뭇머뭇 /
> 차마 떠나지 못하고 / 목메어 서로서로 바라보며 / 눈물이 가슴에
> 미어지네. //
>
> — 〈93 − 8, 자식과 이별하는 어머니〉
>
> 갈림길 다다라서 / 나 홀로 통곡하니 / 눈물조차 말랐는지 / 수
> 염을 피로 적시었소. /
> 한세상 부자요 부부로서 / 뿔뿔히 타관에 떠돌다니…… / 다시
> 만날 그날이야 / 기약이 있으리요. //
>
> — 〈178 − 82, 관북백성〉

아이가 조금 성장한 경우로 보이는 위의 예는, 어미와
아들이 서로 헤어지는 상황을 그리고 있다. 갈림길에서 어
미와 아들이 서로 다른 길로 나누어지면서도 차마 떠나지
못하고 눈물로 가슴이 미어지는 심정이 표현되고 있다. 이
들 작품에는 어린 자식을 버리고 어디론가 사라져야 하는
어미의 심정에 버금가는 이산의 아픔이 아롱져 있다.

그 아래의 것도 다시 만날 날조차 기약할 수 없는 처지

에서 부자와 부부가 갈림길을 가야 하는 것이 생존을 위한 최선의 선택인 상황인 것이다. 눈물조차 말라 피로 수염을 적시는 상황을 맞아야 하는 관북의 한 백성 이야기가 당대에 특수한 경우가 아닌 점은 짐작할 수 있다. 이런 생존 자체를 위해 행하는 행동들이 선택의 여지도 없이 점점 그 정도가 인간의 기본 심성을 파괴하는 경우로 치닫고 있다.

> 마을 사람들 더러 아기를 / 풀섶에 내다 버리기도 한다오. / 밤 이슬 차가운데 아기는 울다울다 / 여우 삵의 먹이가 되겠지요. //
>
> — 〈174 − 6, 시노비〉

> 지난번 이내 몸이 / 정든 집을 떠날 적에 / 마을에서 구실 독촉 / 성화를 내는 터라. // 늙은 아낙은 할 수 있소 / 어린 자식 팔 수밖에 / 그걸로 포백 바꿔 / 구실을 채웠지요. //
> 부자간의 은정으로 / 이런 지경 당하다니…… /
>
> — 〈178 − 82, 관북백성〉

버려진 자식이 구걸이라도 할 수 있는 나이라면 그나마 다행이다. 갓난애를 밤이슬에 버려 짐승의 먹이가 되게 하는 어미도 등장한다. 그것이 '더러' 일어나는 현상이라면, 그것의 원인이 흉년으로 인한 기근에 있든, 혹독한 세금 독촉에 의한 도피 수단이 되었든 그것은 민초들의 삶이 이미 생존의 조건 밖에 있다는 것을 말하는 것이다. 어린 자식을 머슴으로 팔아서 세금을 충당하고 떠나는 부모는 이에 비하면 오히려 나은 경우이다.

4.3. 고난의 원인과 성격

이들이 진단하는 고난의 원인과 성격에 대해서 살펴보기로 한다. 원인이 규명되면 그것은 치유 가능한 것으로 볼 수 있다. 위에서 살핀 백성들의 고통은 당대의 보편적인 현상이라 할 것인데, 이것이 가뭄이나 흉년 등으로 인한 궁핍이 일차적인 원인이 될 수 있다. 그러나 아무리 풍년이 들어도 백성들의 삶이 달라질 것이 없는 구조라는 데 문제의 심각성이 있다. 그 체제의 성격과 구조적 모순으로 인해 민초들의 삶이 핍박당하고, 관리들의 폭정과 수탈로 인해 백성들이 삶의 기반을 잃어가는 형국이 나타난다.

당대의 서사시에 나타난 것을 토대로 보면, 당시 백성들이 겪어야 하는 고통의 원인은 크게 두 줄기로 정리된다. 경직된 체제, 체제 내부 언로의 봉쇄 등의 체제의 구조적 모순으로 인해 받는 고통이 그 하나이다. 그리고 관료들의 부정과 비리, 횡포로 인해 수탈당하는 고난이 다른 하나이다. 이 둘은 서로 관련되어 있는 것이긴 하지만, 우리는 이 두 가지 유형으로 나누어서 다시 살펴보기로 한다.

4.3.1. 체제의 모순

　체제의 모순은 명시적인 형태로 표현된 경우는 드물지만 적어도 그러한 사실을 인식하거나 경험으로 알고 있다고 볼 수 있는 작품들이 많다. 차라리 죽어 몸뚱이가 없어진다거나 황천길로 떠나는 것이 오히려 낫다는 고통의 하소연이 있다. 그리고 자본의 위력이나 정경유착, 일부에 특혜를 주는 비리에 대한 부조리를 고발하거나, 정치적인 타격으로 집안의 몰락을 겪는 경우에 대한 이야기도 있다.

　풍년이 드는 해에 / 늙은이 뱃속 차는 꼴 못 보았거니 / 흉년이 드는 해에 / 창고 열었단 소리 못 들었노라. //
　만약 관청 창고 가득찬 연후에 / 늙은이 뱃속 차게 된다면 / 일 평생 주린 창자 / 채워지는 일 끝끝내 없으리.

-〈52-3. 전옹가(田翁歌)〉

　제 집 있어도 살질 못하고 / 제 땅 있어도 갈질 못하고 / 연년이 빌목하느라 / 산골에 있다네.//
　관가에선 어찌나 재촉하는지 / 어느 하루 편할 날 있으리요. //
　사람은 처자도 못 거느리고 / 소는 새끼도 낳질 못하고.// 어느 날 갑자기 / 소도 쓰러지고 사람도 죽고 보면 / 그제 관가는 / 어디 다 매질 채찍질 할 텐고? //

-〈100-2. 달구지를 모는 아이〉

　관청 창고에 곡식이 썩어도 굶주린 백성들에게 구휼의 손길을 뻗치지 않는 현실을 적나라하게 비판하고 있는 글이다. 관이 관으로서의 제 역할에는 관심이 없고 오직 수탈과 잇속에 눈먼 모습이 백성들의 눈에 비친 실상이다. 그 체제에 대한 백성들의 이런 시선에서 체제의 경직성, 나아가 그것의 모순이 잘 나타나 있다. 관의 부역 때문에 제집을 두고도 집에서 살질 못하고 땅이 있어도 자기 것을 갈지 못하는 현실이 그것이다. 또한 재촉이나 하는 관가 역시 체제의 모순과 횡포가 백성의 삶을 속박하고 궁핍으로 몰아넣는 주된 원인이라는 점이 비판되고 있다.

죽음만 같지 못하다.
원님이 아는 것 오직 / 상사만 두려울 뿐 / 제 잇속만 채우지 / 백성의 괴로움 돌볼 리 있겠는가? //
조정에선 아무 계책 없이 / 앉아서 보고만 있으니 //
아무래도 하루 빨리 / 황천길로 떠나가서 / 다시 그대의 낭군을 만나 / 행복을 누리느니만 못하리. //
－〈148－51, 군정의 탄식〉

사람 사는 것이 / 이 지경에 어이 견디리요. / 차라리 영영 죽어나 버려 / 흙 속에 묻히느니만 못하리다. // 하늘을 바라보고 부르짖으며 / 울밑에서 진종일 울어도 / 하늘조차 대답이 없으시니 / 다시 어느 누구를 믿으리요 //
－〈65－8, 이웃집의 곡성을 듣고〉

위에서 보듯 체제의 모순으로 인한 고통이 개선될 기미가 없다. 나라님이 있는 조정에서 이를 해결할 아무런 계책의 기미도 없고, 하늘조차 아무 대답이 없다. 이러한 상황

이니 고통을 겪는 민초들의 입에서는 '죽음만 같지 못하다'
는 비판이 나올 상황이 된다. 차라리 영영 죽어 흙 속에
묻히느니만 못 한 기막힌 현실이 백성들이 체제의 수탈에
고통받는 실상이다.

> 문밖에 거지 아이들 /
> 아이야, 동무들 불러 손잡고 / 저 한 골목으로 부자집 찾아가 /
> 그 집 문전에서 구걸하지 않느냐. // 그 집엔 개도 쌀밥에 뉘를 낸
> 다는데 / 어지 너희들 살릴 방도 없겠느냐. //
>
> ─〈220 ─ 1, 청맥행(靑麥行)〉

> 동쪽 이웃 부자집은 / 사람사람 섬섬옥수 고운 손 // 이 몸뚱이
> 없어지면 내 무슨 걱정이랴? / 이 몸뚱이 있길래 아전놈 채찍에 시
> 달리지. //
>
> ─〈133 ─ 6, 무안백성〉

빈부의 격차도 심각하여, 어린 것들이 구걸하러 다니는
가 하면 개도 이밥을 먹는 집이 있다. 이웃 부잣집에선 사
람마다 '섬섬옥수 고운 손'을 하고 있다. 특정 부잣집에선
일도 안 하고 호의호식하는 가운데도 아전의 쉴 새 없는
채찍에 고통당하는 민초의 고통이 표현되고 있다. 열심히
일하는 노력으로는 삶의 조건을 보장받을 수 없는 사회의
구조적 모순을 빈부의 심각한 괴리를 대비적으로 나타내는
방법으로 표현하고 있다.

　　서울의 큰 장사치 /

　　신분이 미천하다 물을 것 무엇인가? / 어울리는 패들 모두 벼슬
아치 //

　　수령 방백 그의 손에서 나가니 / 수레에 실어 묵은 빛 날아오네. //
어사는 그의 턱을 따라서 / 가리키는 데 짖어대고 무는구나. //

　　육조의 대감 영감 / 그의 앞에서 엎어지고 // 청직 요직의 명관
들 / 그를 위해 분주히 나서네. //

－〈225－31, 대고(大賈)〉

　　어허 참, 하느님도 / 음양이 왜 고르지 못할까! / 우리 장사길 나
서 봤자 / 이익은 별로 없이 고생만 막심하네. //

－〈107－9, 목계나루 장사꾼〉

　　동래상인 날로 부유해지고 / 돈은 날로 천해진다오. / 구부〈九
府〉에선 무엇을 하나 / 민생의 곤궁을 구한 적 있었던지 //

－〈129－31, 구리쇠 실은 수레를 끄는 소〉

　빈부의 격차는 이런 표면적으로 나타나는 것에만 있는 것도 아니다. '구부'에서도 이를 조장하여 일부에게 특혜를 주고 있다. 큰 장사치가 벼슬아치들을 주무르고 있기도 하다. 정경유착의 구조적 모순과 그것에서 잉태된 구조적 비리가 표현되고 있다. 현대 자본주의의 모순이 당대의 상권의 발달과 신흥 자본가들의 등장으로 이미 나타나고 있었던 것이다. 정경유착과 독점에 의한 자본축적, 이것의 순환고리가 낳는 분배의 불균등이 백성의 삶을 속박하는 또 하나의 고리가 되는 것이다.

저는 본래 부귀한 집 딸이오니 / 조상 대대로 고관대작 //
하루아침 몰아치는 바람에 넘어지니 / 놀랍고 두려워 넋이 나갔
지요. //
변방고을 관비로 박으라 명하니 /
천지에 눈앞이 아득합니다./
권세를 잡았다 좋을 게 무어냐? / 집구석 망치게 되는 것 //

-〈234-8. 나그네 길에〉

호팔자 타고났다 / 남들이 모두 샘을 내고 / 나 또한 믿었다오 /
가업이 무궁토록 전하리라고. // 슬프다 인간사 덧없음 / 그 누가
알았으리요. / 지난 갑자년 어름에 / 미친 왕을 만나고 보니 // 아
침에 법령이 하나 나오매 / 그 법령 독사와 같고 / 저녁에 또 법령
이 하나 나오매 / 그 법령 호랑이 같고 //

-〈60-3. 거지의 노래를 듣고〉

권력층에서 소외된 경우를 표현하고 있다. 정권의 중심
부에 있다가도 사화나 정치적 바람으로 인해 하루아침에
몰락의 운명을 맞는 것도 그 구조가 명분과 선명성을 토대
로 구축되지 않았기 때문이다. 그렇기 때문에 이 구조의 모
순으로 인한 피해자는 일반 민초에 그치지 않는다. 정실에
따라서는 권력층 내부에조차도 그 풍파가 미치는 것이다.

4.3.2. 권력층의 횡포

다음으로 권력층의 횡포에 관한 것을 살펴보기로 한다.
백성의 삶에 가장 직접적인 영향을 미치는 것은 권력을 행

사하는 계층의 횡포이다. 고관대작에서부터 지방수령, 이에 빌붙은 아전에 이르기까지 수탈의 고리는 탄탄히 연결되어 있다. 상급관리는 하급관리의 비리와 폭정을 묵인하는 대신 상납을 받고, 때로는 암묵적인 방조자 내지 사주자의 위치에 있는 경우도 있다.

이런 수탈의 피라미드식 구조에 의해 핍박받는 것은 민초들뿐이다. 더 이상 짤 것이 없는 지경에까지 몰아넣어 결국에는 의식주를 파탄에 빠뜨리고 주거지를 잃은 채 가족의 울타리까지 파괴하는 것이다. 앞에서 언급되었던 여러 유형의 고난들은 직접적으로 이들에게 원인이 있는 지적이다. 관리들과 그 하수인에 의한 수탈의 실상을 그린 것을 아래에서 확인할 수 있다.

관산의 수자리 괴로움 / 어찌 이루어 말로 다 형용하리. / 우리네 고혈을 짜서 / 장군께 가져다 바치지요.//
장군은 날로날로 살찌거늘 / 병졸들 날로날로 여위어 가지요. / 누구에게 찾아가 하소나 할까 / 도리어 야단만 맞겠지. //

-〈83-6. 지친 병사의 노래〉

쌀은 하루면 몇 말을 삶아야고 / 소금은 하루면 몇 되를 써야는지 // 날이면 날마다 술 대령 호통이요, / 밤이면 밤마다 등불을 밝힙니다. // 이 밖에 온갖 물자 소요되니 / 만만한 것이 그저 백성이지요. // 채찍인들 어찌 면하겠으며 / 꾸중이야 으레 맡아 놨지요. // 남아 있자니 고치 속에 든 누에요, / 달아빼자니 주살 맞은 새로다. //

-〈111-7. 양주 아전에게 묻는다〉

장군은 날로 살이 쪄 가는데 수자리 군사들의 고통은 이루 말할 수 없다. 날마다 잔치를 벌이고 등불을 밝히니 그것에 소요되는 온갖 물자는 오직 백성들의 몫이다. 군사들이나 백성의 삶에 아랑곳하지 않는 수령의 횡포가 심각함을 표현하는 작품이다. 백성들의 사정을 뻔히 알면서도 그들의 고통을 어루만져 주어야 할 수령이 오히려 그 지위를 이용하여 수탈을 일삼으니 그 횡포로 인해 겪어야 하는 민초의 고통을 폭로하고 있다.

단지 소원이라곤 얼른 눈을 감아 고약한 아전 꼴 다시는 안 봤으면 / 명년에 풍년이 든다 한들 살아서 보기 바라지 않는다네. //

－〈52－3. 전옹가(田翁歌)〉

무서운 승냥이를 만난 게 아니라면 / 아마도 흉악한 되놈을 만난 것이렷다. // 조세 독촉하러 아전놈들 마을로 나와 /
나 이제 사나운 호랑이 피해 왔거니 / 고향땅 잃은 가련한 신세…… //

－〈256－7. 해남고을 아전〉

이런 횡포는 수령에 국한된 것이 아니다. 일선에서 집행하는 아전들의 횡포도 도를 넘어섰다. 수탈의 구조가 하부로 올수록 많아지는 피라미드 형태를 띠는 것이다. 오직 소원이 눈을 감아 아전 꼴을 안 보는 것이라고 하소연하는 대목에서 그 문제의 심각성을 인지할 수 있다. 무서운 호랑이나 흉악한 되놈들과 같은 횡포를 아전들이 부리니 그럴 수밖에 없는 것이다. 이들의 횡포를 그린 작품을 보자.

혹독한 정사 호랑이보다 무섭다 //

-〈42. 굶주린 여인〉

아전들 용산마을 들이쳐 / 소 끌어내 관가로 넘기누나. //
사또님 노여움 풀어 드리기 급급한데 / 백성들의 아픔이야 누가
아랑곳하랴. //

-〈250-1. 용산마을 아전〉

이런 아전들의 횡포는 결국 수령에게 이어져 있다. 위의 눈치를 보느라 아전들의 수탈은 더욱 심해 가고 그 횡포 또한 도를 더해 가는 것이다. 그것의 뿌리는 결국 수령에게 있고, 그것의 더 근본에는 중앙관리에게 닿아 있음이 암시되는 대목이다. 결국 권력 상층부에 대한 민초의 믿음이 이미 상실되었음을 말해 주고 있는 것이다. 이런 혹독한 정사는 호랑이보다도 더 무섭다는 표현이 적절하다.

이 산중엔 호랑이도 없고 / 근방에 산적도 없거늘 // 한낮에 집
에 앉았으려니 / 벼락치는 소리 이 어인 일인가? //
군교들 곧장 달려드는데 / 소리도 지르기 전에 얼굴 벌겋더라. //

-〈303-6. 산골 이야기〉

또 지난 겨울 일이지요. / 수자리 군사 수백명이 들이닥쳐 / 우
리 마을 짓밟고 빼앗는데 / 사납기 되놈들보다 무섭다. //

-〈103-5. 봉산 동촌에서〉

수령이나 아전의 수탈에 백성의 고통이 국한된 것이 아
니다. 군교들이나 수자리 병사들의 폭압과 횡포로부터도 민
초들은 속수무책이다. 그 횡포가 되놈들보다 더하고 호랑이
나 산적에 다름 아니다. 이렇게 중첩된 권력층의 횡포에 시
달리는 백성들은 그 현실에서는 삶의 유지를 위한 마땅한
방편을 마련하지 못한 채 이들의 폭정에 운명을 내맡기고
있는 꼴이다. 그러나 이들은 그 실상을 제대로 파악하고 그
것을 이와 같은 기록으로 남기고 있다.

채찍인들 어찌 면하겠으며 / 꾸중이야 으레 맡아 놓지요. // 남
아 있자니 고치 속에 든 누에요. / 달아빼자니 주살 맞은 새로다. //

－〈111－7, 양주 아전에게 묻는다〉

장정들은 무두 어디 갔나요? /
각사에서 추쇄를 급히 하니 / 꿩 토끼처럼 뿔뿔이 도망쳤다오.
// 아비는 혹 다른 고을로 달아나고 / 형은 혹 채찍에 맞아 죽고 /
가렴주구 닭 도야지에까지 미치니 / 남은 사람이란 오직 과부들뿐이
라오. //

－〈174－6, 시노비〉

사내가 제 양물을 잘랐단 소리 / 예로부터 들도 보도 못하였네. //
관가에 가서 억울한 사정 호소하재도 / 범같은 문지기 버티어 섰
는데 / 이정은 으르렁대며 / 외양간 소까지 끌어갔다오. //남편이
식칼을 갈아 방 안으로 들어가더니 / 선혈이 자리에 흥건히 / 스스
로 부르짖길 / 이 바로 자식 낳은 죄로다! //

－〈241－2, 애절양(哀絕陽)〉

조세와 부역의 고통으로부터 시작하여 수령과 아전들의 횡포에 시달리다 급기야 자신들의 군포로 유지되는 수자리 병사들로부터도 수탈을 당하는 양민들의 삶은 고치 속의 누에요 주살 맞은 새의 신세다. 어떤 저항이나 그것으로부터의 극복의 몸부림이 원천적으로 막혀 있는 형국이다. 그것에의 대응양상이 죽음만 못 하다는 한탄이나 제 양물을 자르는 극한에까지 나아가게 된다. 자식을 버리는 행위와 자신의 양물을 자르는 극단적 자해 행위는 삶의 파괴가 정신적 육체적 양면에서 동시에 벌어지고 있음을 단적으로 보여주는 예가 된다.

4.4. 문제의식과 해결방안

작품에 나타난 고난의 현실에 대한 문제의식은 두 가지로 정리해 볼 수 있다. 문면에 나타난 것은 주인공으로 등장하는 민초들의 실제 인식이 기록자로서의 '작자'의 여과 과정을 거친 것이기 때문이다. 결론을 이야기하자면, 민초들의 인식은 삶의 고난의 체험을 통해 실상에 많이 접근해 있다고 할 수 있다. 반면, 작자의 시각은 다분히 관념적이고 체제 순응적인 성격을 띠고 있어 이의 분리를 통한 고찰이 필요하다. 문면의 것을 표층의 시각으로, 작품 주인공의 실제

목소리를 심층의 시각으로 나누어 살펴보기로 한다.

4.4.1. 표층의 시각

서사적 성격의 시에 나타난 현실의 모순에 대한 진단과 지적은 당대의 문제의식에서 출발한 것은 분명하다. 그러나 그것의 지은이는 고통의 전면에 선 민초들이 아니라 당대의 지식인층이었으므로 어떤 수사상의 힘을 빌거나 지은이의 애민 정신이 강하였다 해도 한계가 있을 수밖에 없다. 직접 경험이 아닌 이차적 경험이요 피해 당사자라기보다는 그것의 주변인의 성격이 강하기 때문이다. 또한 사회 경제적 토대가 다르고, 그로 인해 체제에 대한 기본 시각이 다를 수밖에 없다. 이런 한계로 인해 작품의 문면에 나타나는 문제의식은 실상의 처절함과 절실함에 미치지 못하는 것이 발견된다.

여보오, 듣건대 / 우리 성상 어지시어 / 자애로운 손길이 / 고루고루 미치신다니 // 늙은이나 어린이나 / 살아만 있으면야 / 처자식 만나는 날 / 언젠가 있으리다.//

-〈178-82, 관북백성〉

오늘날 밝은 조정이 되어 / 잘다드시기 진실로 힘쓰노니 / 애오라지 이 노래 지어 / 위에 부쳐 알리려 하노라

-〈42, 굶주린 여인〉

파괴된 민초의 삶을 구제할 방도를 자애로운 성상의 힘에서 찾으려는 시각이 나타나고 있다. 이는 전형적인 봉건 사대부의 시각이다. 이들의 시각에는 이미 그 체계가 정상적인 기능을 상실했으며, 그 무기력함으로는 문제의 해결이 불가능하다는 민초의 절박한 인식과 민초들의 삶의 파괴 정도에 대한 실상이 깊이 있게 파악되지 못하였음을 보여준다. 식자층의 중세적 이데올로기적 특징을 보여주는 것으로도 볼 수 있다.

아무리 생각해도 다른 방도 없구나 / 인재를 널리 구하는 길밖에. //

－〈153 － 7. 무자년 가을에 거지를 보고〉

갸륵한 임금님 경연〈經筵〉에 납시고 / 현명한 선비 날로 등용되어 // 소인의 무리 발 못 붙이고 / 군자의 벗들과 어울리며…… // 내 생각키 이 누적된 폐단 / 구층의 누대보다 위태로우니 // 이제 급급히 변통을 도모해야 / 쇠잔한 백성들 그나마 쟁기를 잡을 텐데. // 누가 탑전에 아뢰어 / 왕업을 융성하게 할는지? //

－〈111 － 7. 양주 아전에게 묻는다〉

이들 또한 그러하다. 위의 예에서 보면, 유민과 수탈의 무절제가 빚은 폐해나 유민의 해결책을 수령의 자질에 기대하는 한계를 보이고 있다. 또한 그 아래의 예 역시 쇠잔한 백성들이 쟁기를 잡아 생산에 종사하기 위한 해결책이 임금과 선비의 힘에 기대고 있다. 이렇게 누적된 폐단의 위태로움이 구층의 누대보다 더한데, 그것의 해결이 개인의 힘에 의해 이루어지길 기대하는 선비의 인식의 단면을 보여주고 있다. 민초들 속에서 보이지 않게 일고 있는 물결을 제대로 파악하지 못한 진단이라고 할 수 있다.

백성의 핍박에 대한 인식을 하면서도 그것이 벼슬아치 개인의 문제에 기인했다고 진단하고 그것의 해결책으로 임금의 선정과 어진 벼슬아치의 등용으로 해결하리라는 기대를 보이고 있는 것이다. 이런 진단은 이미 그 약효를 잃어버렸음을 인식하지 못하는 한계가 노출된 것이다. 민초들과 식자층의 거리가 나타난 대목이다. 그 거리는 신분상의 거리일 수도 있고, 시대를 읽는 안목의 차이일 수도, 이데올로기적 차이일 수도 있다.

> 홍수나고 가뭄 드는 거야 / 천지의 이치로되 / 경륜을 베풀어 안정시키는 일 / 신하의 직분이라. //
> 나 또한 벼슬 한 자리 참여한 터에 / 내 무엇을 할 수 있나 / 그저 안타깝기만 하오. //
>
> —〈133 − 6, 무안백성〉

> 이 뜻을 그대로 적어 / 대궐문 두드리고 호소나 해볼까? / 혹시나 때맞춰 명령이 내려 / 이 고역이 면제될 수 있으면 // 아이는 소와 더불어 한가로이 / 서로 꾸벅꾸벅 졸 적에 / 촌마을 해는 길고 / 뽕나무 삼밭이 푸르러 가리 //
>
> —〈100 − 2, 달구지를 모는 아이〉

> 아 슬프다! / 이를 어찌하나 / 넓고도 넓은 하늘 아래 / 할멈 혼자

만 저러할까? // 어이하면 얻을 건고? / 전쟁이 영영 끝나 병장기가
없어지고 / 넓고 넓은 하늘 아래 / 홀어미도 생겨나지 않는 세상.//

-〈103-5, 봉산 동촌에서〉

이런 작품에서는 벼슬아치로서의 한계를 한탄하는 심정
이 나타나고 있다. 무엇을 어찌할 수 없는 안타까움을 노래
한 위의 작품이 있는가 하면 문제의 적극적인 해결을 회피
하는 경우도 보인다. 아무래도 벗어나기 어려운 체제적 굴
레였으니, 시인은 현실적 해결책을 발견하지 못한 나머지
늙은 총각과 고달픈 소의 행복을 되찾는 날을 가상적인 소
망으로 처리하고 말았다.

이러한 것은 그 아래에 인용된 작품에서도 마찬가지로
나타나고 있다. 군의 존재를 회의하면서도 막연히 평화를
염원하는 관념으로 귀착하고 있다. 구체적인 개혁의지나 그
것에서 촉발된 실질적인 행동에 대한 것은 발견하기 어렵
다. 이런 지식층의 인식과 민중들의 그것과 차이를 다음 장
에서 좀 더 구체적으로 살펴보기로 한다.

4.4.2. 심층의 시각

작품의 작자의 목소리로 표현되어 작품의 표면에 드러난
것이 아닌, 그것의 이면의 무엇이 있을 것이고, 그것의 실상
은 민초의 목소리 바로 그것이 될 것이다. 실제로 작자와 일

반 백성의 현실 인식의 양상과 정도는 괴리를 나타낼 수밖에 없다. 그 원인으로 들 수 있는 양 측의 차이점으로는, 사회적 위치가 그러하고 가치 체계가 그러하며, 고통의 체험 정도도 역시 그러하다. 이 장에서는 그것을 살펴보기로 한다.

―〈65‒8, 이웃집의 곡성을 듣고〉

할미의 기막힌 사연을 들은 벼슬아치가 그 문제의 해결책으로 제시한 것이 대궐에 아뢰어 잔악한 무리를 처벌하고 남편과 자식이 풀려나도록 해 주겠다는 것이다. 전형적인 관료적 발상이 나타나는 부분인데, 재미있는 것은 그 말에 대한 반응이다. '어르신네 시방 저를 놀리시나요?' 이미 임금님이 해결할 수 있는 일이 아님을 할미는 알고 있다. 시대 인식의 거리를 나타내 주는 적절한 구절이다.

하늘에 대한 회의는 곧 통치체제에 대한 불신으로 이어진 것이다. 여성 화자의 말은 너무도 충격적이면서도 당대의 체제에 대한 민초들의 인식과 그것의 실상을 너무나 잘 보여주는 것이다. 뿐만 아니라 이 작품은 당시 사대부와 민초의 현실 인식과 그것의 해결을 위한 처방이 판이함을 적 나라하게 보여주는 것이라 할 수 있다.

　　　　　　　　　　　　　　　　　－〈225－31, 대고(大賈)〉

　　　　　　　　　　　　　　　　　－〈234－8, 나그네 길에〉

위의 인용문은 자본의 위력과 자본주의의 대표적인 폐단인 정경유착을 예고하는 듯한 문제의식을 보여준다. 자본이 몰고 올 폐단의 예고편이라 할 수 있다. 시대를 인식하고 진단하는 시각 자체가 안고 있는 문제의식의 정도도 예사롭지가 않다. 앞의 예들과 비교할 때 진전된 것이고, 이런 비판적 지식인의 인식은 민중들의 정서에 많이 접근한 것이라 할 수 있다.

　　　　　　　　　　　　　　　　　－〈307－9, 광성나루의 비나리〉

- 〈241 - 2, 애절양(哀絶陽)〉

위의 예는 앞의 할미의 "웃기시나요"는 민중들의 체제에
대한 인식을 단적으로 보여주는 부분이다. 고기를 많이 잡
히게 해 주겠다는 신의 풍성한 보답에 만족하지 못하고 관
의 수탈을 막아달라고 간청한다. 고기를 많이 잡는, 곧 생
산력의 증가가 생활의 여유로 연결되지 못하는 체제 모순
을 절감하여 그것을 잘 아는 민중의 반응이다. 생업의 풍요
가 생산력에 있지 않고, 수탈의 여부에 더 크게 좌우되는
것이다.

이런 요구에 대한 신의 대답이 더 걸작이다. 신은 자기
소관이 아니라고 답한다. 신의 대답으로 은유화된 이 부분
은 시사하는 바가 크다. 관의 횡포는 그 체제의 총수인 임
금의 영역도 이미 벗어났음이 단적으로 표현된 것이다. 그
것은 나아가 전지전능으로 상징되는 '신'마저도 해결할 수
없는 불가항력이 되고 말았다는 것이다. 이것이 겹겹이 싸
인 수탈의 구조를 체험한 민초들이 내린 진단이다. 결국 말
세적·망국적으로 자행되는 부패·부정의 현실이 해결 불
능의 단계에 이르렀다는 표현이고, 이의 해결은 체제 개혁

으로 이루어질 성질이 아니다.

이런 인식은 작품의 작자층인 사대부들과의 문제 인식에서 근본적인 차이를 내포하고 있다. 사대부들은 아직 성상의 어짊이나 현달한 선비의 역할을 기대하고 있지만, 핍박의 당사자들인 민중들은 이미 그 체제의 논리를 부정하고 있는 것이다. 민초들에게는 그것은 이미 자정 능력을 상실한 지 오래임을 보여준다. 사대부들에게는 하늘인 임금이나 민중들에게조차 초인간적인 존재인 신마저도 그것의 해결책을 제시할 수 없는, 이미 그 선을 넘어선 것이다.

4.5. 현대시 수업의 활용 방안

앞에서 살핀 서사시 작품을 통해서 우리는 삶의 현장에서 겪게 되는 고난의 실상이 작품 속에 그려지고 있음을 발견하였다. 문학은 바로 객관적으로 존재하는 사회생활을 원천으로 하여, 이러한 존재 속에서 형성되는 작가의—나아가서는 모든 역사적 주체들의 사회적 의식을 반영하는 것이다.[64] 그러므로 우리는 지난 시기의 시를 통해서 그 시기 삶의 현장을 경험할 수 있고, 그 시대상을 파악할 수 있는 것이 가능하다.

---

64) 윤여탁(1994), 『리얼리즘시의 이론과 실제』, 태학사, p.39.

삶의 체험이 시로 형상화되는 과정을 살펴보면, 개인이 일상에서 경험한 사실들은 일정한 이미지로 걸러져서 구체화된다. 이때, 실제로 이미지와 이미지들의 관계는 일상적인 생활 체험을 초월하고 있다. 그러나 이렇게 발생한 것은 여전히 이 체험들을 재현하고 있으며, 체험을 좀 더 깊이 이해하도록 우리를 가르치고, 또 우리가 체험을 마음속으로 좀 더 가까이 끌어들이도록 해 준다.[65] 그래서 시를 통해서 체험하는 현실이 실제 경험하는 현실보다 더 강렬한 인상으로 남을 수 있고, 더 구체화된 경험을 하는 것이 가능한 것이다.

현대시 교육현장에서 시 작품을 지도하고 학습자가 그것을 감상할 때, 이런 점들을 염두에 둘 필요가 있다. 앞에서 정리된 서사시 작품들은 현대시 학습에서 비교, 대조의 자료로 활용될 수 있다. 시대와 환경의 변화에도 불구하고 인간 삶에서 변하지 않는 것을 발견할 수 있다. 그것을 통해서 우리는 역사의 반복을 깨달을 수 있다. 아래에서, 앞에서 정리된 서사시에 관한 논의를 기초 자료로 삼아 현대시 교육에 활용할 수 있는 예를 몇 가지 제시하기로 한다.

가. 아래 글을 읽고 서사시가 삶의 무엇을 담을 수 있는지에 대해서 논의해 보자.

---

65) 빌헬름 딜타이, 김병욱 외 역(1991), 『문학과 체험』, 우리문학사, p.113.

동서고금을 불문하고 진보적이며 사실주의적인 서사시에서 공통
적으로 볼 수 있는 것은, 묘사되는 대상이 서사시가 정착되는 당대
에 또는 과거시대에 있어서 인민생활에서 가장 거대한 의의를 가지
고 있으며 인민생활에서 아주 본질적인 거대한 문제성을 제기하는
사건과 인간성격을 반영하고 있다는 그것이다.[66]

나. 아래 시에서 그리고 있는 주제는 무엇이며, 이와 같
은 주제의 작품들을 앞의 자료에서 찾아보자.

> 내일은 북간도로 / 길떠나는 날 / 세간을 다 팔아도 / 여비 모자
> 라 / 검둥이마저 팔아 / 돈 받았지요
>
> — 신기순, 〈북간도〉 부분[67]

다. 아래 작품은 일제시대 만주에서 유이민들이 불렀던
동요다. 반일의식이 노래되는 원인에 대해서 앞의 자료와
관련하여 논의해 보자.

> 왜기 왜기 쫄랑왜기 / 내 밥그릇 왜 뺏니 / 이 방치에 맞아 봐 /
> 쭈루룩 저 왜기 제 달아난다 / 네가 가면 얼마 가 / 골백리라도 가
> 거라 / 이 방치가 무슨 방치 / 바람 차지 놀림방치 / 구름차지 물림
> 방치 / 네 머리에 번쩍— / 번개님의 벼락방치[68]

라. 아래 시의 주제를 알아보고, 그 주제와 같은 작품을

---

66) 리효운(1992), 「서사시에 대하여」, 박기훈 편, 『사실주의 서정시 강좌』, 도서출
   판 이웃, p.218.
67) 신기순(1930), 〈북간도〉, 『동아일보』, 1월 1일자.
68) 유영천(1987), 『한국의 유민시』, 실천문학사, p.107.

현대시에서 찾아보자.

<blockquote>
이리저리 흩어질 새 / 처자를 돌볼소냐 / 어제 한 집 없어지고 /
오늘 한 집 또 나간다 / 남쪽으로 울력가고 / 북쪽으로 징병가네 //

－〈우리네 고생살이〉 부분[69]
</blockquote>

마. 아래 구절은 한국 전쟁기의 가족 해체에 대해 논하는 글의 부분이다. 역사적으로 볼 때, 가족 해체의 다양한 원인과 그것의 양상에 대해서 논의해 보자.

<blockquote>
전쟁으로 인한 경제적 궁핍은 노무가 적지에서 죽어가는 상황도 외면하거나, 어미가 자신의 딸자식으로 하여금 윤락을 허용할 수밖에 없는 한계상황으로 치닫게 한다는 것을 알리는 것이 부자의 해체를 문제 삼는 작품이다.[70]
</blockquote>

바. 현대시 작품에도 삶의 고난이 묻어나는 작품이 많다. 아래 작품에서 그려진 아픔의 실체와 그것의 원인을 찾아, 우리 선조들의 삶을 그린 앞의 서사시 자료와 비교해 보자.

<blockquote>
싸락눈 흩뿌리는 날 / 퇴근길 / 언 코끝으로, 살 속으로 / 파고드는 가족이여 / 최저생계비여

－안도현, 〈연탄 냄새〉 전문[71]
</blockquote>

---

69) 고은 편(1987), 『민족시가』, 도서출판 동아, p.298.

70) 김교봉(2004), 「한국전쟁기 소설에 나타난 가족 해체의 가족주의적 의미」, 『어문학』, 한국어문학회, p.300.

71) 강형철·안도현 편(1998), 『섬 하나로 떠 있는……』, 푸른숲, p.37.

사. 현대시 작품인 아래 시에서 농부가 논을 갈아엎는데, '머리 잘린 채 넘어지'는 것은 무엇을 대변하고 있는지 알아보고, 사회 구조적인 모순을 그리고 있는 서사시를 앞의 자료에서 찾아보자.

> 한 농부가 논을 갈아 엎는다 / 머얼리서 물무늬 얼비치며 다가오는 소의 그림자 / 빠른 걸음으로 무논을 쟁기로 가로질러 가고 / 순간, 소리의 여울이 이루어 반란하는 개구리 울음 / 나는 숨죽여 지켜본다 / 휘뚝휘뚝 지나가는 쟁깃날 너머로 / 분홍빛 등불을 켜든 풀꽃의 섬뜩한 아름다움이 / 머리 잘린 채 넘어지고 /
>
> — 손진은, 〈어느 생애〉 부분72)

아. 앞의 서사시를 참고로 하여, <노숙자 아버지>라는 제목으로 시를 창작해 보자.

이런 보기들과 함께, '조선시대 – 일제강점기 – 한국전쟁기 – 산업화 시기 – 민주화 시기 – 세계화·국제화 시기'로 이어지는 과정에서 반복되는 삶의 고난에 대해 비교하는 것도 현대시 작품만을 대상으로 하는 것에 비해 폭넓은 시야를 확보할 수 있고, 역사와 인생에 대해서 깊은 깨달음을 얻을 수 있다. 또한 이런 예를 통한 학습 과정에서, 우리의 삶은 '향기'만이 있는 것이 아니라 우리의 일상은 땀 냄새

---

72) 강형철·안도현 편(1998), 앞의 책, p.48.

와 한숨 소리가 늘 함께한다는 사실을 깨달아 '이웃'의 삶
에 눈 돌리고 그들의 삶의 무게를 함께 경험하는 계기를
만들 수 있다.

4.6. 독서 체험과 온고지신의 미덕

앞에서 현대시 수업에 활용할 수 있는 교수-학습 자료
개발을 목적으로 논의를 진행하였다. 우리가 시를 통하여
삶을 읽을 수 있는 것은 시가 그 시대 사람들의 삶을 담고
있기 때문이라는 점을 논의의 출발로 삼았다. 시에 노래된
일상의 체취는 시공의 이동에 따라 소멸되는 것이 아니라,
그것을 초월하여 새로운 생명력을 가지며 확대 재생산되는
사실이 이런 논의를 가능하게 하는 토대가 되었다.

우리가 지난 시대의 시를 통해서 그 시대의 삶을 탐구하
는 것은, 그것을 통해 현재와 미래의 교훈을 얻을 수 있기
때문이다. 현대시 학습을 위해서 과거의 문학적 유산에 기
대는 것도 보다 폭넓은 시야를 확보하고 더 큰 깨달음을
위해서이다. 또한 그것을 통해 우리는 삶의 진실을 밝히는
더 보편적인 결론에 다가가기 위해서이기도 하다.

우리는 일상에서 삶의 향기를 늘 갈구하지만, 우리의 삶에
는 향기뿐만 아니라 땀 냄새가 늘 함께한다는 사실을 깨달을

수 있다. 앞에서 제시된 모형은 학습자에게 '나'에 갇히지 않는 길을 열어 줄 수 있다. 오늘날 학습자들이 지난 시대의 서사시적 사실에 대한 독서 경험을 통해 공동체 구성원으로서의 나의 위치를 깨달을 수 있다. 이웃과 함께하는 삶에 관심을 기울이는 태도는 성숙된 시민의 덕목을 갖추는 길이다.

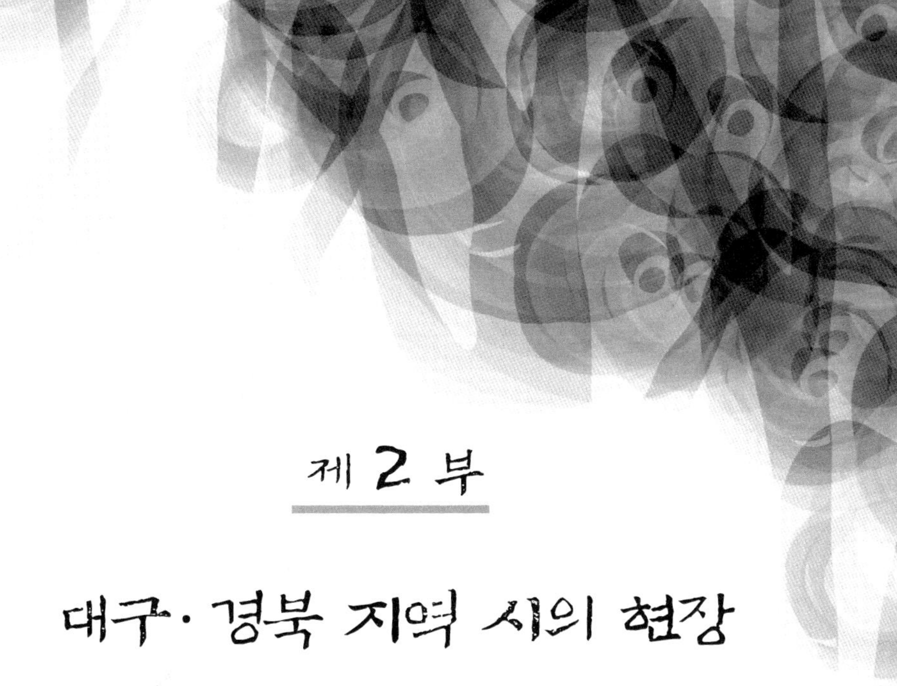

제 2 부

대구·경북 지역 시의 현장

1980년대 대안언론 축시에 담긴 메시지

5.1. 대안언론으로서의 대학신문

대학신문은 '비평적 대변자인 동시에 지도적 창조자'[73]의 역할을 자임해 왔다. 특히 1980년대 대학신문은 대안언론[74]으로서 자리매김했다. 기성 언론이 신군부의 언론 억압 정책 하에서 사전 검열 등으로부터 자유롭지 못했던 시대에 성역이 없었던 매체가 대학언론이었다. 이런 사정을 기억하면, 대학신문의 역할이 매체의 영향력이나 구독률 등의 면에서 오늘날의 그것과는 질적인 차이를 보인다. 80년대까지의 대학신문에는 교수 논문이나 학술정보를 비롯하

---

73) 송백헌(1994), 대학언론과 지역문화, 『대학신문의 현재와 미래』, 전국대학신문주간교수협의회, p.24.

74) 정치적인 이유 등으로 '검열'로부터 자유로울 수 없었던 기성 일간지들이 다룰 수 없는 부분을 대학신문이 언로의 역할을 한 데서 붙인 이름으로, 인터넷이 활성화된 오늘날의 미디어 환경에서 인터넷 신문과 활자화된 신문의 관계를 비유해서 본다면, 성격은 달라졌지만, 80년대에는 오늘날의 인터넷 신문 자리에 대학신문이 위치할 수 있었다.

여 학내외의 이슈에 대한 논쟁과 교육적 내용을 담은 교수의 칼럼이 실렸다. 대학신문은 대학 구성원들 간의 정보 공유와 의견 교환의 장으로서 커뮤니케이션의 핵심 매체였다.

대학신문은 교수와 직원, 학생, 그리고 동문을 포함하는 대학인이 제작하고 대학인이 독자가 된다는 점에서 대중지와 구별되고, 대학신문사는 총장이 사장이자 발행인이 되는 대학의 공식 기구라는 점에서 대학신문은 총학생회 등에서 발행하는 학생신문과도 구별된다. 이런 특성 때문에 "대학신문은 (1) 아카데미즘의 산실이며, (2) 지성사회의 포럼이며, (3) 교육과정으로서의 저널리즘이며, (4) 민주교육의 훈련장이며, (5) 학생에 의한 실험의 장"[75]으로 평가되기도 하고, "대학신문이 갖는 특성은 아마추어리즘과 프로페셔널리즘의 조화에 있다."[76]는 지적을 받기도 한다.

대학 집단의 특수성은 엘리트 집단이라는 것을 핵심으로 하며, 대학신문 제작의 주체는 학생과 교수로 구성된다. 이 사실은 대학신문의 성격을 규정하고 신문의 내용을 구성하는 특성이면서 동시에 고민과 갈등을 야기하는 요소이기도 하다. "신문은 가장 전형적이며 오래된 매스 커뮤니케이션 중 그 한 형태이자 현상이다."[77]는 지적에서 보듯, 신문은

---

75) 서정우(1994), 「대학현실과 대학신문」, 『대학신문의 현재와 미래』, 전국대학신문주간교수협의회, p.261.
76) 정진석(1994), 「다변화시대의 대학신문 위상과 역할」, 『대학신문의 현재와 미래』, 전국대학신문주간교수협의회, p.444.

저널리즘을 핵심으로 한다. 엘리트 집단의 특성상 대학신문은 아카데미즘이 접목되어야 하는 것이다. 그러면서도 전문 학술지와도 구별된다는 점에서 대학신문은 '조화'를 이루기 위한 접점을 모색해야 하는 과제를 부여받게 되는 것이다.

대학신문이 가진 또 다른 문제는 제작 주체의 구성에 있다. 교수와 학생으로 구성되는 체제는 상호 보완적인 역할을 하는 구조가 될 수 있지만, 사회적 갈등이 표면화되고, 집단 간의 이익이 상충될 때에는 갈등 구조로 재편될 가능성이 상존하는 구조이기도 하다. 대학신문이 가진 태생적 특수성은 취재 대상을 선정할 때도 영향을 미쳤고, 방법론적으로 늘 고민거리였다. 학생 기자들이 스스로 가져야 하는 갈등의 뿌리였고, 아카데미즘을 강조하는 교수집단과 저널리즘에 치우친 학생집단의 갈등을 일으키는 뿌리였다. 아카데미즘과 저널리즘의 공존이라는 과제는 신문 내용에 국한되는 것이 아니었다.

대학신문 제작자는 언론이 가진 가장 본질적인 사명인 저널리즘의 기능뿐만 아니라 대학의 모토가 되는 아카데미즘 앞에서 늘 갈등하는 존재였다. 저널리즘과 아카데미즘의 조화와 균형은 80년대 대학신문이 벗을 수 없었던 화두였다. 기성언론의 관점에서 보면, 대학신문의 제작 체제나 저널리즘과 아카데미즘의 조화 등의 요소는 기형적인 측면이

---

77) 강상현 외(1995), 『대중매체의 이해와 활용』, 한나래, p.59.

다. 그러나 대학인에게 그것은 현실이었고, 그로 인해 야기된 갈등이 표면화되기도 했지만, 그 속에서도 제작 주체들 간의 상보적인 역할과 신문 내용상의 '조화'를 위해서 부단한 노력을 했고, 그만큼 성과를 낸 것 또한 부정할 수 없는 사실이다.

이 글은 1980년대 대구지역 대안언론의 선두였던 경북대신문의 창간기념 축시에 담긴 메시지를 탐구하는 것이다.[78] 그 메시지는 시대와 역사의 요구였고, 구성원들의 염원이었으며, 청춘의 고뇌와 절규의 산물이었다. 이는 80년대가 대학신문에 부여한 사명과 역할이기도 했다. 이 글에서는 이들을 논의의 중심에 두고 탐구하고자 한다. 작품에 그려지고 있는 키워드를 추출하고 그것이 당대의 대학과 대학인에게 어떻게 관련되며, 무슨 의미를 지니는가를 중심으로 논의를 이어 가기로 한다. 논문에서 논의하는 작품은 1981~1990년까지의 경북대신문 창간기념호에 실린 축시와 1987년에 발행된 지령 1,000호 기념호에 실린 축시를 대상으로 한다.

---

78) 창간기념호에 실린 것이므로 경북대신문에 대한 애정과 대안매체로서의 시대적 소명의식 등이 중심을 이루고 있다. 논의의 과정에서 신문 자체에 대한 축하의 메시지 등은 논의 대상에서 제외했으며, 메시지를 중심으로 전개하는 논의의 특성상, 개별 작품은 부분 인용을 주로 하였다.

5.2. 활자로 그린 대학정신의 지도

5.2.1. 젊음의 함성과 현장의 증언

대학의 가치를 말할 때 빠질 수 없는 것이 젊음이다. 그것은 가능성이고 때로는 예고된 좌절이기도 하지만 늘 충만한 에너지와 함께한다. 고갈되는 법이 없는 청년의 에너지는 열정이라는 이름으로 혹은 정의라는 이름으로 치장된 화약고이다. 뇌관에 불이 붙기만 한다면 그것은 세상을 변화시킬 큰 물줄기를 형성한다. 타협하지 않고 굴절되지 않는 결의는 때로는 숭고함으로 불리기도 한다. 그래서 '젊은 정신의 지도'는 대학인에게 가장 어울리는 표현이 될 수 있다. 80년대 대학신문은 대학 정신을 담아 그것의 지도를 그렸던 주체였을 뿐만 아니라 때로는 그것을 담아내야 하는 당위이기도 했다.

---

79) 허만하 〈언어는 하늘을 난다〉 부분. 988호(1986년 11월 10일).

경북대신문 그대는
함성이다.
한 시대의 실어증을 목 튀우는
젊음의 함성이다.
(중략)
그 젊음의 함성
지축을 흔들어라.
귀청을 찢고 천지를 진동하라.[80]

글을 쓴다는 것, 그 시대의 일과를 삶의 경험을 적는 행위, 그것은 시대의 함성이기도 하다. 때로 그 함성은 시대를 끌어안아야 하는 절규로 다가오기도 한다. 80년대를 살아온 사람들의 기억 속에 펼쳐지는 그림은 개인차가 크지 않다. 거대 담론을 형성하였고, 그 속에서 대의와 명분을 구했고, 그에 따른 결단을 요구했으며, 그것을 추구했고, 구성원들은 그 경험을 공유했다. 의지대로 할 수 없거나 본대로 말할 수 없는 것도 많은 시기였다. 그만큼 고민과 갈등을 양산한 시기가 80년대였다. 그런 점에서 '실어증'은 적절한 표현이다. 대학신문이 당 시대의 실어증을 치유하는 함성이었고, 한편으로 함성이어야 했다.

우리의 언어는 사랑했다.
우리의 언어는 전선에서 돌아왔다.
우리의 언어에는 들국화 꽃잎이 묻어 있었다.

---

80) 남재만 〈경북대 신문 그대는〉 부분. 1,000호(1987년 7월 10일).

여기서 언어는 말이고, 그것은 하루의 현실이기도 하다. 젊은이들은 그것을 '사랑'했고, 그것에는 '꽃잎'이 묻어 있고, '쇼팡'이 함께하는 '부드러운' 풍경이었다. 이 시가 언어를 통해서 그리고 있는 세상을 우리가 바라볼 때, 즉 텍스트의 창을 통해서 세계를 바라볼 때, 그것은 호의적이지 않다. 젊음이 누리는 토대는 '전선'에서 갓 돌아온 삶이었다. 그것에 배어 있던 들국화 향기와 음악 소리가 마냥 향기로울 수만은 없었던 것이다. 전선에서 돌아왔지만 전쟁이 끝난 것은 아니었기 때문에 늘 지혜를 구해야 했고, 밤잠을 설쳐야 했으며 오랜 시간을 견뎌 내야만 했다.

젊음이 그리는 초상은 '괴로움'과 함께했고, 드러내어 '울먹일' 수도 없었다. 80년대라는 시대가 젊은이들에게 제공했던 것은 '바람 부는' 거리였다. 그것은 불안정과 혼동을 잉태하고 있지만, '젊음'은 그것을 감당하고 헤쳐갈 수 있

81) 허만하 〈언어는 하늘을 난다〉 부분. 988호(1986년 11월 10일).

는 에너지를 축적하고 있었다. '밤새' 책을 읽었으며, '긴' 방둑길을 걸으며 새벽을 기다렸다. 쉽지 않는 인내가 필요한 길이었고, 적지 않은 지혜와 용기를 요구받았지만 그것을 회피하지 않았다. 그들의 열정이 바람 부는 거리를 '정다운' 골목으로 만들었다. 대학생이 그러하였고, 대학신문이 그것을 담고 있었으며, 담기를 요구받고 있었다.

이웃들이 잠의 늪에 잠겨있을 때
시대의 가시관을 홀로 이고 섰는
신날 것 없는 이웃들의 굿판에서도
7월의 바다로 일깨울 줄 아는
기름과 먼지와 침묵으로 이루어진
금빛 올실을
아무도 보지 않는 우주 이쪽에서
홀로 짜고 있는

장에 가면
미나리 몇단을 놓고 앉은
분뇨를 지고
손수 나무 순을 손질하고 있는
뻐스 종점이나
지하철 역에서
염색 작업복을 걸친 그를[82]

이 축시와 같은 면에 실린 화보에 편집자는 "오직 한 가지 꿈으로 바쳐진 우리 사랑이 비록 적을지라도/일어나라,

---

82) 권기호 〈복현동의 청년〉 부분. 928호(1983년 11월 14일).

굳은 의지로"[83]라는 표제를 남겼다. 표제는 편집국장으로 대표되는 편집부의 편집자가 정하는 것이다. 신문 편집에서 표제를 뽑는 것은 취재기자 혹은 원고 작성자가 아닌 편집자의 몫이다. 이는 "현실에 직접 부딪치는 취재기자의 시각과 그 현장에서 떨어져 있는 편집기자의 시각이 종합됨으로써 보다 정확하게 현실이 반영될 수 있기 때문이다."[84] 표제에 드러난 편집자의 의도는 '시대의 가시관'을 쓰고 금빛 올실을 '홀로' 짜고 있는 <그>의 모습에 닿아 있다.

> 복현동에 가면
> 코흘리개라도 그를 알아본다.
> 연전(年前)에 구라파에 갔을 때도
> 이국의 한 학생이 내 손을 잡고
> 오래동안 그의 안부를 되새기고 묻던
> 한번도 본 일이 없는 당신도
> 복현동에 가면
> 단번에 그를 느낄 수 있다.[85]

　코흘리개라도 알아보는, '작업복'을 걸친 그는 경북대신문이다. 그의 발길은 시장으로도 향하고, 버스의 종점이나 지하철역에서도 그의 눈과 귀는 늘 열려 있다. 새벽과 함께 열리는 땀의 현장에서도 말 못할 아픔을 겪고 있는 고난의

---

83) 경북대신문 928호(1983년 11월 7일) 1면 화보 글.
84) 손석춘(1997), 『신문 읽기의 혁명』, 개마고원, pp.34 – 35.
85) 권기호 〈복현동의 청년〉 부분. 928호(1983년 11월 14일).

현장에서도 그의 눈은 빛나고 있고, 어둠 속에서 건져 올린 그 이야기들은 새벽과 함께 세상에 드러나게 된다. 그런 점에서 '복현동'은 보이지 않는 손들의 조화가 이루어지는 터전이며, 새벽이 펼쳐내는 세상의 시작이기도 하다. 그래서 한 번도 본 적이 없지만 '단번에' 그를 느낄 수 있고, 귀가 멀어도 '단번에' 그 음성을 알아볼 수 있는 것이다. 경북대신문이 늘 그 자리에 있으며, 있어야 한다고 말하고 있다.

5.2.2. 예지의 횃불과 선비 정신

경북대신문 그대는 횃불이다.
여기 달구벌에 드높이 밝혀 든
예지의 횃불이다.
(중략)
그 예지의 횃불
활활 타 올라라
온 누리의 암울한 무명 깡그리 몰아내라.[86]

진리 탐구는 학문의 터전에서 핵심 항목이다. 그것은 진실을 찾아가는 과정이며 깨달음의 노정이기도 하다. 등불을 켜는 행위는 어둠을 밝히는 것이며, 그것은 진리 탐구의 길을 은유적으로 표현한 것이다. 그래서 학문의 터전인 대학에 진리의 등불이 피워져야 함은 당연한 것이다. 그런 점에

---

86) 남재만 〈경북대 신문 그대는〉 부분. 1,000호(1987년 7월 10일).

서 횃불을 들어 온누리의 '무명'을 몰아낼 사명을 대학신문
에 부여한 것은 타당한 것이다. 사회 공동체의 구성원들은
당 시대가 부여안은 문제에 대한 해답을 갈구하게 마련이
고, 80년대 구성원들이 당면하고 있던 전망부재의 현실은
고민과 갈등의 원천이었다. 지혜의 샘은 그런 민초들의 갈
증을 적실 청량제였고, 대학신문 역할론으로 이어진 것이다.

 80년대 누리에 드리웠던 무명의 그림자는 무지의 그것에
국한되지는 않는다. 그것은 온갖 부조리와 부패의 고리를
끊어야 하며, 모순으로 가려진 미로를 뚫고 나가야 하는 사
명을 함께 이야기하고 있다. 대학은 진리탐구의 장이자 한
편으로는 세태에 오염되지 않은 신선한 구역이기도 하다.
지성의 샘으로부터 제공되는 시대의 모순을 해결하고 상처
를 치유할 깨달음을 얻고, 신선한 집단이 분출하는 에너지
로부터 새로운 사회를 건설할 동력을 얻어야 한다고 볼 때,
대학만이 그 이름값을 할 수 있었다. 경북대신문이 횃불을
드는 주체가 되어야 하는 이유, 될 수밖에 없었던 이유가
거기에 있다.

活字마다
하나씩의 太陽을 담고
하나씩의 달
하나씩의 별을 담고
햇빛과 바람

또한 눈비를 담고
海東의 精氣
늠늠한 그 기백을 담고
언제나 깨어있는 래이다
그 눈을 뜨고
착한 일 악한 일
잘된 일 못된 일
가릴 줄도 알고
해뜨는 법
해지는 법도 알며[87]

활자마다 우주의 기운을 담고, 해동의 정기 늠름한 기백을 담으라는 것은 선비의 모습으로 태어나라는 것이다. 명분과 신의와 지조로 대변되는 선비는 지혜를 대변하는 개념이기도 하다. 시인은 선비의 그 모습을 경북대신문의 그것과 이어주고 있다. 이러한 다리를 통해서 경북대신문은 선비의 옷을 입고, 선비의 자태를 갖고 다시 태어나게 된다. 그 활자 하나하나에 담긴 선비의 정신은 신문 한 장 한 장을 읽어가는 독자들에게 전해지고, 공유와 확산의 과정을 거치게 된다. 구성원들 사이에서 그려지는 선비상의 터를 잡고 축조물을 세우고 개념을 정립하는 메신저가 경북대신문이 되는 것이다. 시인이 경북대신문에 부여한 사명이 그 메신저의 역할이다.

"깨어 있는 래이다"로 기록된 대인(大人)인 선비는 횃불

---

87) 申瞳集 〈이마 푸른 선비는〉 부분. 888호(1981년 11월 10일).

을 들어야 하는 존재이다. 해와 달과 별과 바람을 담은 활자로 피워 내야 하는 것은 우리의 전통 기백이요 정신이다. 하늘에 닿아 있는 정신은 하늘의 이치, 우주 삼라만상의 원리라고 하겠다. 그것은 부패와 부조리와 불평등이 부정되는 세계이다. 래이다는 우주와 주파수를 맞추는 주체가 되면서 우주의 기운을 세상으로 전파시키는 허브의 기능을 하게 된다. 이 래이다는 순리로 순환하는 우주의 기운을 수신하고 그것을 다시 중계하는 기지국이며, 그것은 경북대신문의 이름과 등치된다. 경북대신문이 걸어야 할 길은, "눈을 뜨고" 늘 깨어 있어야 하며, "해 뜨는 법, 해 지는 법"을 알아 사리를 분별하여야 하며, 예지의 횃불[88]을 들어야 한다.

우리의 언어는 노래였다
우리의 언어는 아름다운 주문(呪文)이었다
우리의 언어는 순결했다. 순결했다
우리의 언어는 진실했다
우리의 언어는 겨레의 언어였다
우리의 언어는 무릎을 꿇지 않았다
아, 〈경북대신문〉의 언어.
자욱한 안개처럼 서리어 오는
그리운 언어[89]

---

88) "너, 타오르는 불꽃처럼 민족의 혼과 더불어 복헌의 횃불되리라"는 경북대신문 888호(1981년 11월 10일) 화보의 표제어이다. 여기에도 '횃불'이 드러나 있다. 횃불은 세상을 비추어 밝히며, 부조리한 것들을 정화시키고, 진군하는 행렬의 선봉에 서며, 대중을 이끌고 그들에게 희망을 제시하며, 승리의 약속을 의미하는 것이기도 하다.

89) 허만하 〈언어는 하늘을 난다〉 부분. 988호(1986년 11월 10일).

삶의 토대 위에서 펼쳐지는 진실에 충실했던 기사, 그것에 녹아 있던 순결의 기운, 청년의 힘이 만들어 낸 아름다운 언어였다. 이상을 현실 속에서 굴절시키지 않고, 유혹의 손길 앞에서 "무릎을 꿇지 않은" 것은 순결을 지켜내는 힘이 있어야만 가능한 것이었다. 순결을 바쳐서 이루어야 할 목표가 있어야 그것을 지켜낼 수 있다. 그래서 아름다운 순결은, 김수영 시인이 자유에는 피의 냄새와 함께한다고 했던 것처럼 "꽃과 피의 언어"[90]가 될 수밖에 없는 것이다. "예리한 지성과 꿈틀거리는 붓대로 어둠을 밝히는 등불이어라"[91]는 표제에서도 이 점을 발견할 수 있다.

5.3. 꿈을 부화하는 언어의 날갯짓

5.3.1. 긍지의 깃발과 새로운 언어

대학신문이 갖는 <대안언론>으로서의 기능은 시대가 낳은 산물이었다. 80년대는 언론 통폐합 조치를 비롯한 군

---

90) 이동순 〈새벽 산정에 오르며〉 경북대신문 1,052호(1990년 11월 5일). 편집자는 이 화보의 표제를 "비상하라 역사의 빛으로, 꽃과 피의 언어여!"로 뽑고 있다. 인용한 구절의 다음은 "우리가 휘청거리면서도 어둠 속을 헤매온 건/ 그대 참밝음을 보려던 때문/ 우리가 어둠 속에서도 결코 한 마음 꺾이지 않았던 건/ 항시 그대 밝음을 믿어온 때문//"이 이어지고 있다. 여기에는 참밝음을 보기 위해 시련을 이겨내는 힘, 그리고 그 밝음에 대한 신뢰 등이 잘 표현되어 있다.

91) 경북대신문 32주년 기념 화보 글. 948호(1984년 11월 12일).

사정부의 언론탄압이 상존하고 있었고, 그런 시류에서 기성언론은 언론 스스로 한계를 드러냈다. 민주화를 주도했던 집단이 학생이었던 것과 마찬가지로 대학신문은 기성언론이 보도하지 못하는 영역을 메워주는 역할을 했고, 정치적으로 민감한 부분이나 깊이 있는 분석이 요구되는 사안에 대해서 대학신문이 독점적인 지위를 차지하며 전면에 나섰다. 이런 점이 대학신문에 주어졌던 <대안언론>으로서의 기능이었고, 대학신문 스스로 이의 역할을 수행했다.

이 과정은 대학 집단이 갖는 특수성에 기인한 갈등이 첨예화되는 계기가 되기도 했다. 대학은 큰 범주로 보면 학문의 전당이고 지성의 터전이며, 대학신문도 아카데미즘 구현이 기성언론과 차별되는 가장 큰 특징이다. 그러나 대학을 구성하는 주체, 특히 대학신문 제작에 관여하는 주체들로 범위를 좁히면 학생기자와 주간교수를 비롯한 교수로 구성된다. 주간교수는 물론이고 학생기자들도 총장의 발령을 받는, 학교의 공식 기구로서의 신문사는 학교 당국의 입장에서도 자유로울 수 없었다. 물론 독자의 주류를 이루는 학생들과 지역사회 공동체의 주민들과의 관계도 고려하지 않을 수 없었다.

다양한 입장과 입김들 간의 갈등은 사회적인 분위기에도 크게 영향을 받았다. 언로가 막힌, 국민들의 알권리가 봉쇄된 상황에서 대학신문은 저널리즘에 더 많은 비중을 두게 되었다. "특히 80년대 이후 대학생들은 대학신문을 <저널

리즘>으로서 학생운동의 첨병으로 삼으려 하며 당국에 대해 알 권리를 내세우고 언론자유의 쟁취를 강조하고, 이를 대학신문의 역할로 인식하고 있었다. 교수진이나 대학당국은 대부분이 대학신문은 학생들만의 신문이 아니라 교수와 학생 그리고 대학의 삼위일체적인 공기(公器)로 <아카데미즘>의 테두리 안에서 책임 있는 학보로서의 역할을 내세운다."[92]는 지적은 개별적인 차이를 인정하더라도 대학신문이 처한 보편적인 현상이었다.

> 입술과 입술을 부벼
> 사랑을 만들고
> 나무와 나무를 부벼
> 불을 만들 듯
> 뜨거운 가슴과 가슴을 맞대어
> 우리는
> 새로운 우리의 언어를
> 만들었다.[93]

창간기념 축시는 주로 교수진이 필진으로 참여하였다.[94]

---

92) 한형수(1994), 「대학신문의 자유와 책임」, 『대학신문의 현재와 미래』, 전국대학신문주간교수협의회, p.138.

93) 허만하 〈언어는 하늘을 난다〉 부분. 988호(1986년 11월 10일).

94) 1981년부터 1990년까지의 창간기념 축시의 필진과 필진의 당시 소속과 신분은 다음과 같다. 1981년 申瞳集(계명대 교수), 1983년 권기호(경북대 교수), 1985년 권오택(대구대 교수), 1986년 허만하(고신대 교수), 1987년 1,000호 기념호 남재만(동문 시인), 1987년 권국명(대구가톨릭대 교수), 1988년 양왕용(부산대 교수), 1990년 이동순(영남대 교수).

‘중견으로 활동하고 있는 시인들 중 모교 출신으로 대학에 몸담고 있는 사람’이 필진들의 공통분모라고 하겠다. 이런 사정이 학문적인 탐구에 치중하거나 현실을 외면하는 것으로 나타나진 않았다. 신문 제작에 참여하는 주체들 간에서는 토대와 입장의 차이에 기인하는 갈등과 의견 대립이 있었지만, 그것이 대학신문의 정체성을 훼손하지는 않았음을 우리는 인용한 시에서도 발견할 수 있다. 대학신문은, 그리고 그 신문 제작에 참여하거나 독자의 자리에 있는 사람들은 ‘새로운 우리의 언어’를 만들어 내는 주체들이었다.

뜨거운 ‘가슴’은 따뜻한 관심과 사랑이며 식지 않는 열정이면서 살아 있는 증거이기도 하다. 대학신문이 누렸던 특권, 그리고 감당해야 했던 소명은 새로운 언어로 창조되어야 했다. 그 새로움은 기존의 담론을 극복하는 것이어야 했고, 진실을 왜곡하는 진술에 대해 비판하고 그것을 교정하는 것이어야 했다. 대학문화의 특징으로 이야기되는 ‘창조성과 실험성과 학문성’[95]은 대학신문이 창조하는 새로운 언어 생성의 토대가 되는 개념이다. ‘새로운 언어’는 시대를 정확히 읽어내는 지혜, 강요받는 침묵을 거부할 용기, 구성원이 새롭게 공유할 비전이 있어야 가능한 것이고, 그것의 토대 위에서 탄생될 수 있는 것이다.

---

95) 서정우(1994), 「대학문화의 창달과 대학신문의 역할」, 『대학신문의 현재와 미래』, 전국대학신문주간교수협의회, p.1.

　민초들의 생활의 신음이 묻어나는 곳이 골목길이다. 그
곳은 일상인이 먹고사는 문제를 해결하고 생활을 누리는
공간일 뿐만 아니라 미래를 꿈꿀 자유와 비전이 싹트는 곳
이기도 하다. 광장은 자유와 민주의 상징으로, 사람들이 모
여 공론의 담론은 형성하는 공간이다. 누구나 자유롭게 생
각할 수 있어야 하고, 생각을 나눌 수 있어야 하고, 왜곡과
편견의 소리가 걸러져야 하고, 새롭게 생성된 이념이 장애
없이 확산될 수 있어야 하는 곳이 광장이다. 캠퍼스 안 강
의실은 지적 열정이 꽃피는 곳이다. 새로움에 대한 창조적
탐구가 멈추지 말아야 할 곳이 강의실이다.

　국민들의 건강한 삶을 위해서 골목 곳곳의 신음과 어둠
이 걷어져야 한다. 생각과 행동의 자유를 누리고 누구나 참

---

96) 권국명 〈너는 말해라〉 부분. 1,004호(1987년 11월 9일).

여하는 민주화가 가능하기 위해서 광장은 늘 열려 있고 사람들로 넘쳐나야 한다. 당면한 문제를 해결하고 삶의 질을 개선시키기 위해서 강의실과 연구실과 도서관의 불은 켜져야 한다. 그러나 80년대에 이러한 당위는 현실에 뿌리를 내릴 수 없었다. 골목길과 광장, 강의실에 만연한 것은 '어둠'이었다. 그래서 대학인에게 분노가 함께했고, 신문은 그 분노의 정도를, 그리고 그 어둠의 실체를 말해야 했다. 그러한 사명이 주어졌고, 그러한 권리 또한 주어졌던 것이다.

경북대신문 그대는
깃발이다.
청운 비낀 복현의 하늘에 나부끼는
긍지의 깃발이다.
(중략)
그 긍지의 깃발
더 높이 나부껴라.
구름 위에 하늘 위에 나부껴 펄럭여라.[97]

2007년은 6·10항쟁 20주년이 되는 해다. <6·10>은 80년대 군사 정권에 맞서 민주화의 물고를 트고, 시대의 흐름을 돌려놓은 사건이었다.[98] 그것은 골목의 어둠을 밝히고,

---

97) 남재만 〈경북대 신문 그대는〉 부분. 1,000호(1987년 7월 10일).

98) "한국 사회에서 6월항쟁과 비교될 만큼 심대한 변화가 발생한 시기는 '3.1운동기'와 '해방시기'뿐이라는 지적이 있을 정도로 6월항쟁이 한국 사회에 미친 영향은 대단한 것이었다. (……) 또한 6월항쟁의 경험은 이후 '학생운동 전국화'의 필요성을 증폭시켜서, 결국 87년 8월 19일 '전대협'이라는 학생운동의 전국적 단일조직을 결성하는 중요한 계기로 작용하였다." 문성학 외(2005), 『근현대 대구·경북

광장에 새벽을 열고, 강의실과 도서관에 횃불을 올린 것에 다름 아니다. 시민이 주인임을 확인하고, 시민의 힘과 민주적 절차가 가진 위력을 승인받는 의식이기도 했다. 이 운동의 행렬에서 가장 앞서 나부끼던 깃발이 대학의 것이었다. 새로운 언어를 창조하며 새로운 운동 세력으로 사명을 다하면서 분노를 승화시키고 어둠을 밝히는 일은 새로운 패러다임을 창출하는 행위이다. 이 대열에서 대학신문, 경북대신문이 선봉의 깃발을 올려야 함을 말하고 있는 것이다.

5.3.2. 비상의 둥지와 역사의 길

한국이라는 공간, 80년대라는 시간은 지식인들에게 무수한 질문을 던진 시대였다. 그 시대는 문제를 던지고, 해답을 요구했으며, 실천을 강요했다. 정해진 길을 답습하던 세대에서 경험하지 못한 새로운 길을 개척하고 창조해야 하는 세대로의 변환을 요구받던 시기이기도 했다. 일면 다양한 사상과 삶의 방식을 보여주기도 하고, 어떤 면에서는 한 방향을 향할 것을 요구하기도 하면서 사회의 발전을 견인하고 있었던 시대였다. 사회구성체 논의가 활발히 이루어졌으며, 정치 사회 운동의 방향도, 문학의 색채도 새로운 환경에 대응하는 모습을 보여주었다.

지역 사회변동과 사회운동 Ⅱ』, 정림사, pp.186 – 187.

1980년대 들어서 대학가에서 학도호국단을 해체하고 총학생회를 부활하는 움직임이 일게 된다. 유신 철폐 등의 구호가 상존했지만, 1987년 소위 '해방구'라 불리기 전까지 대학에는 사복경찰이 상주하고 있었다.[99] 학생운동을 하는 학생들은 가명을 쓰고, 수배와 제적, 강제 징집 등이 낯설지 않은 용어였다. 학생들을 강의실과 도서관 이외의 장소로 끝없이 내몰던 시대였다. 학생들은 정치 문제를 고민하고, 민주화를 외치고, 노동자와 서민을 대변해야 했다. 대자보가 보편화되고, 유인물이 쉼 없이 뿌려졌다. 오늘날 인터넷 게시판, 블로그나 미니홈피가 80년대의 이들의 역할을 확장하면서 대체한 것이라고 하겠다.

화백(和白)의 땅, 복현동산에
진리를 찾는 무리들
큰 뜻 품고서
길을 닦는다.
정결한 성지에
가득한 것은
아름다움일 뿐
사랑일 뿐
무한을 향해 나래를 펼 뿐.[100]

---

99) 80년대 대학에서 사복 경찰의 존재에 대해서는 80년대 초중반에 학생운동을 했던 ㄱ 모 씨의 증언을 참조할 수 있다. "평소에 잘 알던 조교가, 과 사무실 조교가 붙잡더라고요. 알고 보니까 그 사람이 경찰이었어요. 사복 경찰, 그 사람이 경찰이었어요. 저는 조교인 줄 알았어요. 매일 과 사무실에 있으니까요." 문성학 외(2005), 『대구지역 학생운동의 발생과 전개』, 경북대학교 인문과학연구소 대형과제연구단. pp.114－115.

　　복현동산에서 "길을 닦는" 날갯짓이 '무한'을 향해 있음을 노래하고 있는 이 시에서 강조되는 것은 '길'이다. 진리와 아름다움과 사랑의 옷으로 축조된 길을 닦는 것은 대학에게 주어진 임무였다. 오늘날 "지역문학 연구를 위해서는 우선 지역 대학이 선도적 위치에 서야 할 것이다."[101]는 견해에서 보듯, 대학은 실상을 규명하고 진단하며 전망하는 일에 앞서 있을 것을 요구받는다. 현실에 토대를 두고, 미래로 나아가는 길을 열되, 그것이 과거의 연장에 있어야 하는 것이다. 80년대 <분단시대> 동인들이 "문학은 현실과 관련될 때 가치를 가진다."[102]고 밝히고 있는 것과 같은 맥락이다.

> 진정으로 백년 후의 후배들에게 남길
> 역사의식 담겨진 신문 만들고 있는
> 우리들의 20년도 넘은 후배들에게
> 지혜와 용기 기대하며
> K형! 그대가 벌였던 그 캠페인
> 오래오래 기억합니다.
> 36주년이 360주년 될 먼 미래의
> 경대 우리 모교
> 우리 경북대신문 앞 날 생각하며
> 먼 역사의 길 가던 나그네

---

100) 권오택 〈경북대 신문 창간 33주년에 붙여〉 부분. 970호(1985년 11월 18일).

101) 민현기(2003), 「대구 지역문학운동의 역사적 성격과 그 활성화 방법 연구」, 『어문학』 80집, p.284.

102) 문성학 외(2005), 『근현대 대구지역문학의 흐름과 특성』, 정림사, p.200.

  K형과 그때 그 기자를 생각합니다.
  〈첨성대〉〈꽃시계〉 같은 고정란
  아직도 건재한
  우리 모교의 신문
  경북대신문 앞날 다시 생각합니다.[103]

80년대는 무엇보다도 '실천'이 강조되던 시기였고, 지식인의 사명이나 학생회의 활동, 대학신문의 역할 등도 이들의 연장선에 있었다. 새로운 미션이 쉼 없이 주어졌고, 거대 담론의 틀 속에서 사고하고 행동하기가 요구되었다. 일상의 문제 앞에서 담소를 나눌 여유를 저당 잡힌 채 공동체의 이해와 공동의 관심사가 화제의 전면에서 다루어졌다. '의식'이라는 용어에는 '역사'나 '사회과학' 혹은 '대의'가 포함된 것으로 인식되었고, 오늘이 아닌 내일을 논하며 내일의 꿈으로 오늘의 고통을 치유하는 삶이었다. 그래서 내일로 향하는 길목에 서서 어제의 기억과 내일의 전망을 소통하는 다리를 놓아야 했다.

"먼 역사의 길 가던 나그네"에서 역사의 길은 경북대신문이 "도도한 역사의 물줄기"[104]를 형성하며 걸어온 길이자 나아갈 길이기도 하다. 경북대학교의 건물과 풍경과 사람은 변하지만, 그 꿈을 꾸던 사람은 이 세상을 떠나갔지

---

103) 양왕용 〈먼 역사의 길 가는 나그네〉 부분. 1023호(1988년 11월 7일).

104) "도도한 역사의 물줄기 따라 진리와 민족혼 일깨우는 선구자 되리라"는 두언 김용규 교수가 창간 32주년 기념호(948호, 1984년 11월 12일)에 쓴 휘호의 문구이다.

만, 360주년을 맞는 날까지 <첨성대>,[105] <꽃시계>[106]는
영원하듯 신문이 걸어온 길과 신문에 담겨서 키워온 꿈은 지
지 않고 피어날 것이라는 염원이 표현된 구절이다. 경북대
신문이 걸어온 길은, 제작 주체들이 늘 고민하는, 100년 후
에도 여전히 유효한 '역사의식'을 담은 신문의 길이었으며,
그것의 연장에서 오늘의 신문도 한 걸음을 내디디고 있다
는 것이다. 그 연장에 있어야 함을 강조하는 것이기도 하다.

> 경북대신문 그대는
> 둥지다.
> 지성의 꿈을 부화하는
> 비상의 둥지다.
> (중략)
> 그리고 그
> 비상의 둥지
> 거기 칠색 영롱한 꿈을 부화하라.
> 그리하여 구만리 장천
> 대봉처럼 박차고 날아올라라.[107]

　"둥지"는 두 가지로 그려지고 있다. 도약하는 발판인가
하면, 꿈을 부화하는 터전이기도 하다. 시에서 그려지고 있
는 대봉의 날갯짓은 새로운 길을 여는 희망의 몸짓이다. 그
규모의 장대함과 비상에 대한 꿈의 원대함은 오늘의 문제

---

105) 편집국장이 집필하는 칼럼으로 신문 1면에 게재되었다.
106) 기자들이 번갈아 쓰는 문화면의 고정란이었다.
107) 남재만 〈경북대 신문 그대는〉 부분. 1,000호(1987년 7월 10일).

를 해소하는 바람이며, 내일의 희망을 잉태하고 부화하는 원동력이기도 하다. 산재한 현실의 문제를 해결하는 새로운 제도를 만들고, 그것이 새로운 문화를 창조하며, 그렇게 피어난 문화의 꽃이 다시 사람의 삶을 감싸는 둥지로 펼쳐지는 세상을 향한 꿈이 "날개짓"에 담겨져서 바람을 일으킬 준비를 하는 것이다. 경북대신문에 부여되었고, 경북대신문이 걸었으며 걸어야 할 길이 그 길이다.

5.4. 소통을 통한 연대와 결속의 길

언어는 하나의 기표에서도 다양한 의미를 내포하고 있다. 그것은 글 쓰는 이의 의도에 의해서 구성되기도 하고, 때로는 글 쓰는 이의 의도와 무관하게 구축된 의미를 독자가 발견하기도 한다. 신문을 대할 때도 "독자들은 지금 자신이 읽고 있는 지면 뒤에 어떤 입체적 구조가 숨어 있는지, 그리고 그 입체물로 인해 삶의 현실이 얼마나 변형되어 표현되고 있는지 이제 꿰뚫어 보아야 한다."[108] 언어를 통해서 의미가 축조되고, 그 의미가 유통되며, 동시에 그것이 확장되고 재생산된다. 그 과정에서 의미의 왜곡이나 변형이 진실을 외면하거나 훼손하는 일을 방지해야 한다.

---

108) 손석춘(1994), 『신문편집의 철학』, 풀빛, p.31.

우리의 언어는 다리가 될 것이다.
고독한 섬과 섬을 이어주고
흘러간 시간의 의미와
다가올 시간의 가능성을 이어주고
그리고
우리들의 자주적인 원근법을 만들 것이다.
황홀한 우리들의 신화를 만들 것이다.
새로운 학문의 산맥으로 융기할 것이다.
싱싱한 햇사과의 향내와
정다운 손깍지가 넘치는 거리에
새로운 계절이 태어나던 그날처럼
아, 언제나 연두빛 새잎처럼 싱싱한
〈경북대신문〉
우리를 하나로 이어주는
젊은 지성의 핏줄
아, 그리운 우리들의 모국어
〈경북대신문〉109)

언어는 커뮤니케이션의 대표적인 도구이다. 그것은 시간과 공간을 이어주며, 역사의 다리를 놓는다. 그럼으로써 지역의 단절을 극복하고, 세대의 벽을 허물며, 개개인의 오해와 배척을 해소하고, 현실과 신화의 거리를 좁혀준다. 그래서 언어의 그물이 형성하는 네트워크는 마침내 지역과 세대와 신분과 이념을 초월하여 '하나'로 만든다. 그렇게 될 때 그것은 모두의 '모국어'가 될 수 있는 것이다. 모국어를 통해 자유롭게 의미를 형성하고 그것을 막힘없이 소통하고

---

109) 허만하 〈언어는 하늘을 난다〉 부분. 988호(1986년 11월 10일).

그럼으로써 시공의 원근을 초월하여 단절과 배척의 역사를 연대와 결속의 역사로 바꿀 수 있는 것이다.

80년대 지면에서 우리가 발견한 것은 경북대신문이 1952년 첫발을 내디딘 이후 지켜온 창간정신의 본모습에 다름 아니다. 그것은 경북대신문 55년, 경북대학교 60년, 나아가 한국대학 100년의 모습이요 사명으로 확대될 수 있다. 이들이 걸어온 길이고, 그동안 흘린 땀방울이자, 그동안 겪었던 갈등이다. 오늘 우리가 우리의 언어를 통해 볼 수 있는 것은 그동안 신문이 만들어지면서 축적된 고민의 시간이 화석으로 남겨진 것이며, 시대와의 커뮤니케이션에 동원되었던 불면의 밤이 자아내는 찬란한 별빛이기도 하다.

80년대라는 이름이 갖는 가치는 한국 현대사에서도 특별한 위치에 있다. 80년대의 대학 신문이 갖는 가치와 비중은 한국의 대학 신문 역사의 비중 있는 자리를 예약하고 있다. 경북대신문 55년의 역사에서 80년대 신문에 당위로 부여되었던 사명은 이러한 탐구와 정보의 공유를 통해 대안 언론으로서의 대학신문의 역사와 함께 지워지지 않는 덕목으로 기록될 것이다. 화석의 가치가 시간에 의해 소멸되지 않듯이, 오늘의 대학언론에게는 그 정신의 화석이 전시되고, 각인되고, 부활되는 또 하나의 사명이 주어진 것이다.

1980년대
경북대신문
기념시의 코드[110]

6.1. 시대를 비추는 거울

이 글은 경북대신문의 신년특집호와 개교기념특집호에 실린 기념시를 통해 1980년대의 코드를 밝히고자 기획되었다. 대학신문이 일반적으로 수행하는 보도와 교육 기능 등을 논외로 하더라도, 경북대신문이 갖는 가장 큰 의의는 그것이 경북대학교의 역사를 가장 충실하게 복원하고 있다는 점이다. 그런 점에서 경북대신문은 경북대학교와 당대 한국 사회, 그리고 지식인 집단의 실체를 발견하고 진단할 수 있는 자료이자 지나간 역사의 실상을 제대로 관찰할 수 있는 거울이기도 하다. 특집호에 실린 기념시는 당대에 제기되었던 이슈를 대학인의 관점에서 바라보고 그것의 해결책을 제시한 것이라는 점에서 탐구의 대상이 된다. 시는 그것이

---

110) 이 글의 일부는 『경북대신문 50년사』(경북대학교신문사, 2008)에 발표되었다.

갖는 장르적 특성상 대상의 본질을 가장 예리하게 진단하여 그것의 특징을 가장 집약적으로 반영하고 있다는 점에서 당대 시대상과 구성원의 의식을 살필 수 있는 유용한 탐구 대상이다.

신년특집호와 개교기념특집호의 두 부류로 나누어서 진행될 이번 연구는 다음의 과정을 거치게 된다. 우선 각각의 작품에서 중심 코드를 추출하여 그것을 토대로 각 부류의 코드를 설정하게 된다. 두 부류의 코드를 통해 기념시의 대표 코드를 확정하게 된다. 축시를 통해 확정된 경북대신문의 코드는 경북대인과 당대 지식인의 코드로 확장된다. 이것은 1980년대 한국 사회 지식인의 코드이고, 1980년대 한국 한국인의 중심 화두이자 당대 한국 지성사의 핵심과제이기도 하다. 경북대신문에 실린 기념시에서 확정된 코드를 한국인의 핵심 화두와 시대적 과제로 확장함으로써 문학작품을 시대를 비추는 거울로 삼은 것은 현상학적 환원에서 이론적 토대를 빌릴 수 있다.[111]

---

[111] 이는 지현배(2001), 윤동주 시의 의식현상학적 연구, 경북대학교 대학원 박사
  학위논문과 이를 확장하여 출간한 『윤동주 시의 세계; 영혼의 거울』(한국문화
  사, 2004)에서 시도한 바 있다. 현상학적 환원의 이론적 배경과 문학연구의 적
  용 등에 관해서는 이들을 참조할 수 있다.

6.2. 아침을 여는 역사의 동력

　이 장에서 살피는 작품은 신년특집호에 실린 것이다. 대학신문은 일반적으로 방학 때는 휴간을 하지만, 80년대까지는 새해가 시작되는 날에 발행하는 신년특집호[112]가 있었다. 여기서는 복현골 구성원들이 염원하는 바가 담겨 있다. 대학에서의 연구와 교육에 관한 내용과 함께 지역사회와 나아가 정치·경제 등 나라 살림과 관계된 내용이 포함되었다. 대학인들도 삶의 토대의 기반이 되는 현실 문제에서 자유로울 수 없었고, 삶의 질적 문제보다는 성장과 이데올로기 중심의 현실은 다양한 갈등 요소를 포함하고 있었다. 이런 현실은 80년대에 들어서도 큰 변화가 없었다. 10·26이 있었고, 그 연장에서 광주민주화운동이라는 근대사에 빚어진 상처의 잔상이 지속되는 상황이었다.

　　〈이아침 새筍은〉[113]

　　　12월의 얼음을 깨고

---

112) 경북대신문의 경우 80년대에 발간된 신년특집호 중에서 기념시나 휘호가 실린 해는 82, 84, 85, 87, 88년이다. 이들이 이번 장에서 다루는 대상이다.

113) 891 - 19820101 - 권기호. 여기의 숫자는 '호수 - 발행일'을. 뒤의 인명은 작가명을 나타낸 것이다. 아래에서 인용하는 작품도 같은 형식으로 표기한다. 신문 편집의 특징상 띄어서 표기해야 할 부분을 붙여서 쓰는 경우가 흔히 있다. 이는 CTS 시스템으로 조판 작업을 하지 않은 90년대 이전에서 두드러진 현상이다. 인용하는 작품에서, 해석의 오류 등의 문제가 있지 않은 부분에서는 띄어쓰기 규정에 어긋나는 표기, 현행 외래어 표기법에 부합하지 않는 경우도 가능한 원문대로 옮겨 썼음을 밝혀 둔다. 아래에 인용하는 작품에도 동일한 원칙이 적용되었다.

브람스가 눈을 뜬다.
복현동에서
새순은
1970년대의 긴 잠을 털면서
토스토   스키의 눈을 뜬다.
가난한 부엌의 연탄가스를 견디고
도시의 짙은 아황산가스를 견디고
이아침 새순은
복현동 뜰의 비로자나불로 일어선다.

(중략)

디스코에 지성이 흔들리고 있는 동안
챤넬10에 당신의 지성이 행방불명되고 있는 동안
헤밍웨이가 새순이 되고
비로자나불이 하나의 시로 일어서는 것을
당신들은 모른다.
이 아침 태양은
1970년대의 긴 잠을 털면서
복현동의 청년으로 일어서는 것을
당신들은 모른다.

당신들은 모른다.

　새로움은 묵은 것을 보내는 것과 함께한다. 이 시에서
그려지고 있듯이 70년대는 '긴 잠'이다. 그것에서 깨어남은
산사에서 맞는 아침의 싱그러움과 새로움 같은 것이다. 그
것에는 기대와 설렘과 더불어 긴장이 함께 하기도 한다. 새
벽이 열릴 때 찾아오는 새로움의 기운은 세상을 정화하고
용기를 불어넣으며 다가올 것에 대한 기대를 갖게 하지만,

그것의 이면에는 경험해 보지 못한 세계에 대한 불안이 함께하기 마련이다. 이런 양면성은 긴장을 유발하기 마련이다. 그래서 '새순'으로 표현된 새로움은 출발이면서 신선함이면서 한편 여린 것이기도 하다.

새순이 새 시대를 여는 새로운 기운이라면 그 이면에는 떠나보내는 것이 있기 마련이다. 시에서는 연탄가스와 아황산가스로 표현되고 있다. 그것은 묵은 것으로 대변되는 것이지만, 여기에서 우리가 발견하는 것은 고난의 현실이다. 생명을 위협하는 가스의 존재는 척박한 삶의 토대이자 생활 속에서 상존하고 있는 위험 요소이다. 불안한 현실이 보여주는 것은 경제, 문화적인 문제는 물론 정치 문제도 예외일 수 없다. 극복되어야 하는 현실을 대변하는 가스는 새해를 맞아 떠나보내는 것으로 그려진다.

시에서 새로운 시대를 열 동력으로 표현된 것은 지성의 태양이다. 현실에서 지성은 '행방불명'된 존재이다. 복현골에서 돋는 '새순'은, 이 시대는 알을 깨고 나와야 하는 시기이고, 그것의 요람은 복현골이 되어야 하며, 그 주체는 청년이라는 것을 대변하고 있다. 긴 잠에서 깨어난 지성의 태양은 '복현골'에서 청년으로 일어선다. 헤밍웨이와 비로자나불이 새순과 시로 피워 올린 것은 아침 태양이다. 이것은 지성의 시대를 열 시대의 물꼬를 트고 있음이다. 그래서 복현골의 키워드는 지성의 아침이다. 복현골은 지성의 아침을 열 수 있는 곳이고, 지성의 아침이 열리는 곳이자, 지성의 아침을 열어야 하는 곳이기도 하다.

> 푸르른 서기서린 복현동산에
> 역사를 짓는 힘이 생동하여라[114]

'푸름'과 '역사'와 '생동'이 키워드로 읽혀지는 글이다. 여기에는 경북대학교가 살아 움직이는 역사의 동력이 되라는 기원이 담겨 있다. '푸른 서기'는 새순이 돋아나는 것이라는 점에서 새로운 출발이자 희망의 신호가 된다. 또한 새로운 기운이 모인 곳이라는 점에서 개혁과 창조적 상상력의 보고가 되어야 함을 말하기도 한다. 새 옷으로 갈아입고 새로운 기운으로 충만한 곳은 성스러운 기운이 감도는 곳이다. 복현동산의 서기는 그러한 기운의 맥과 닿아 있으며, 이는 구성원의 염원이 반영된 것이다.

'역사를 짓는 힘'은 그간의 생활의 기록이자 기억 속에 자리 잡은 삶을 일구는 작업이다. 삶 속에서 지속되어 온 모순을 정리하고 그것을 구체화시키는 것으로 시작하여, 부조리를 타파하고 삶의 질을 개선하는 방도를 모색하는 것이다. 그 길은 역사적으로 일상에서의 민중들의 자유의 영역을 넓히는 방향이 선택되었고, 민주적 규칙과 절차 지키

---

114) 631 - 19840102 - 서수생 교수가 쓴 휘호.

기가 강화되는 방향으로 진행되어 왔다. 그래서 복현골에서의 역사 짓기는 고통의 역사를 타파하고 그것과 연결된 인적, 물적 이데올로기적 연결 고리를 끊어야 하는 사명 앞에 서게 된다. 그것이 새로운 역사 짓는 길이며, 그 모습은 자유, 민주, 행복의 가치를 실현해야 하는 것이다.

'생동'은 역동과 젊음을 대변하는 말이다. 10·26을 거쳐 5·18을 겪으면서 당 시대가 처한 상황은 한국 정치사에 주어진 굵직한 과제의 연장선 위에 있었다. 이해관계의 충돌과 전망 부재 앞에서 당황하는 것은, 낯선 경험 앞에 선 당대 시민들이 경험하는 혼란이었다. 학습된 역량으로 해결할 수 없는 새로운 과제는 창조적 아이디어를 필요로 하며, 그것은 젊은 세대의 상상력과 생명력이 전면에 서야 하는 시대적 요청이었다. 청년에게서 수혈을 받아야 하는 시대는 당대 젊은 대학인에게 창조적 역량과 함께 미래를 향한 희망의 비전을 요구하게 된다. 시에서 '생동'이 말하고 있는 것이 이러한 것이다.

〈1985년이여, 서로 믿는 정직한 나라로〉[115]

(전략)
1985년, 새 해, 새 소망, 새 의욕으로
온 겨레

---

[115] 951 - 19850101 - 조병화.

그 가슴. 가슴을 열어 가는 거다

새해여, 도약하는 한국의 1985년이여
이 나라, 이 겨레들에게
골고루 평온 속의 그 번영을 기약하여라

보다 서로 정직하게
보다 서로 성실하게
보다 서로 믿게
보다 서로 허용하게, 관용하게
보다 서로 평등하게

그리하여, 서로 웃고 사는 나라로.
가는 곳 마다. 어디서나. 언제나.

　이 시는 '평온'과 '번영'과 '웃음'을 말하고 있다. 이 시가 그리고 있는, 광활한 우주의 유구한 세월, 그 스케일 속에서 새로운 해의 시작을 알리며 떠오르는 태양 앞에 선 지구인들에게는 저마다의 갈망과 절규의 주머니가 안겨 있다. 풍요롭지 않은 곳에서의 갈망, 행복하지 않은 곳에서의 소원, 자유롭지 않은 곳에서의 절규, 평등하지 않은 곳에서의 외침, 박애롭지 않은 곳에서의 절규가 담긴 주머니이다. 모두들 각자가 처한 곳에서 색깔과 모양이 다른 주머니를 들고 제마다의 소망을 희구하고 있다. 시는 피를 부르는 다툼이나 전쟁이 아닌, 평온 속에서 주머니를 내려놓을 수 있기를 기원하고 있다.

번영은 평등과 정직의 뿌리를 깊이 내리고, 성실로 줄기와 잎을 키워서, 믿음과 관용의 꽃을 피우는 것으로 그려지고 있다. 새해를 맞아서 새롭게 작성하게 되는 소망의 목록은 모두 번영이라는 결과로 이어지게 된다. 그것은 경제 행위의 목적이자 생존의 토대이며 유산의 알맹이를 구성하는 것이다. 그런 점에서 새해에 떠오르는 태양 앞에서 모두가 들고 있었던 주머니의 지향점도 번영으로 수렴된다. 시는 절대 평등이 보장되고 정직이 중시되며, 성실한 사람이 대접받고 믿음이 소중한 가치로 존중되며, 관용이 미덕으로 칭송되는 사회 가치를 수립하는 것으로 그 길에 이를 수 있음을 역설하고 있다.

'웃음'은 웃음 속 번영이다. 평온 속 번영의 결과로서의 웃음이기도 하다. 주머니로 대변되었던 과제가 해결되는 것을 전제로 하고 있다. 이것은 사회 구성원들의 행복을 예외 없이 예약하는 것이기도 하다. 그런 점에서 이것은 이 사회의 미래 에너지이자 번영의 지속을 담보하는 것이다. 시에서 그리고 있는 웃음에는 신년을 맞아 새롭게 떠오르는 태양 앞에 섰던 사람 누구나 '어디서나, 언제나' 그것을 누릴 수 있기를 바라는 소망이 담겨 있다. 이것은 시인을 비롯하여 구성원 모두가 꿈꾸는 미래상이고, 모든 곳에서 매일매일 반복되는 기도의 제목이자 희망과 소망의 종착점이라 해도 좋다.

〈또 다른 축복의 한 해를〉[116]

(전략)
이 바람 많던 연대(年代)의 하늘가에서
그리운 모든 것은 저물어 가고
바람같이 피곤한
삼백 예순 날마다의 뜬 눈과
뜬 눈으로 결별하는 섣달 그믐날의
빈 가슴 한켠에서
죽지 않는 영혼의 고통과 더불어
우리는 또 다른 축복의 새해를,
가장 빛나는 새해를 맞이하려고 한다.
함박눈이 더 많이 내렸으면 하는
고향의 동구 밖에 서서
이 새해 아침에
우리를 기다리는 건, 아직도
떠돌아다니는 바람의 얼굴인가,
한 시대의 더욱 근심어린 사랑인가.
그리움으로 기다림으로도 꿈꿀 수 없는
탄생이라는 이름을 위해
이제는 결코 어둠을 말하지 않아야 한다.
말없이, 희망도 없이
그러나 죽을 수 없는 영혼의
아름다운 고통과 더불어
우리는 다만 기다리는 자로서
가장 가난한 자의
겸허한 새해를 맞이할 뿐이다.

　　실존의 고통을 넘어 겸허하게 맞이하는 새해를 노래하는
시다. 역사의 격랑을 경험한 세대에게는 하룻밤도 편히 잘

---

116) 993 – 19870101 – 이정우.

수 없는 시간의 연속이었다. 그것은 시에서 '바람'으로 그려지는 고통과 피곤의 역사이다. 그것이 '그리움'으로 여겨질 수 있는 것은 '저물어 감'이 가져다주는 선물이다. 영혼의 고통과 더불어 맞는 새해는 '축복'의 그것이어야 하는 이유도 여기에 있다. 새해 아침에 기다리는 것이 '바람'의 얼굴이거나 근심 어린 사랑이기를 거부하는 것도 이것의 연장이다. 고통으로 대변되는 역사의 물길을 돌려 놓기 위해 배수의 진을 치는 비장한 자세로 행하는 의식이다.

'탄생'은 어둠과 결별하는 비장함에서 출발한다. 알의 껍데기의 존재를 인식하고 그것의 밖으로 나가 새로운 세상을 맞겠다는 의지, 그리고 그것을 깨뜨리는 실천의 결과로 얻어지는 것이 탄생이다. 시에서 보듯, 탄생이라는 이름으로 행하는 의식에서는 어둠이 제거되어야 한다. 곧 탄생을 위해서는 어둠과 결별해야 한다는 메시지가 강조되고 있다. 여기에서 우리가 발견할 수 있는 것은, 탄생은 새로운 고통을 잉태하기 마련이지만, 기꺼이 그것을 감내하고 고통을 넘어 맞이할 가치가 있고, 그 길을 기꺼이 수행해야 한다는 당위이다. 이런 점에서 탄생은 출생의 의미 규명과 그것의 가치 획득을 위한 실천의 덕목이다.

겸허하게 맞는 새해에서 '기다림'은 반성과 성찰의 겉옷이다. 그런 점에서 기다림과 반성 – 성찰은 동전의 양면과도 같은 것이다. 역사의 격랑을 겪어온 이들이 맞는 빛나는 새해는 반성과 성찰의 자세를 요구한다. 성찰은 학자와 선비의 덕목인 지성과 이성의 길을 열어주는 것이고, 배려는 반성의 시간과 겸허의 자세에 바탕을 둔다는 점에서 구도의 길이기도 하다. 희망도 없이 그냥 죽을 수 없는 영혼의 운명은 고통을 감내하면서 기다림의 긴 다리를 건너야 한다. 그래서 지성과 이성의 싹을 틔우는 길은 구도의 길과 함께해야 하고, 아름다운 고통은 기다림의 겸허함이 있기에 성립될 수 있는 것이다.

〈새벽〉[117]

내가 속눈썹 속에 누워서 잠자는 동안
햇빛도 없이
지평선 아래로 강물은 흘러 가며
밑바닥 조약돌을 모조리
바다 쪽으로 조금씩 옮겨 놓았다
자느라고 나는 몰랐다.

얼어붙은 지평선 위에서
몸을 뒤채는 들판과 꿈을 넘어서
지나가 버린 세월을 지나서
나 자신 밖에서 세상 밖에서
갑자기 새벽은 왔다.
자거나 자지 않거나 아무도 몰래

(중략)

---

117) 1006 – 19880101 – 서종택.

> 너무 깊숙이 죽치고 들어 앉아
> 앞에도 뒤에도 아무 것도 보이지 않는
> 두 눈동자 바깥으로 기지개를 켜면서
> 나는 열 개의 손가락으로
> 온 몸의 힘을 꽉 움켜잡고서
> 이 세상의 한복판을 꽉 움켜잡는다.

이 시는 새롭게 열리는 새벽, 그리고 새롭게 태어남을 노래하고 있다. 시에서 핵심어는 '잠'과 '새벽', '세상으로 나옴'이다. 시에 그려진 '잠자는 나'에서 우리는 그동안 정체되어 있던 자신을 읽을 수 있다. 잠은 일상을 무의식적으로 반복하는 일상인 혹은 일상의 부조리를 외면하면서 살던 소시민의 모습이다. 이러한 익숙함의 타성에 젖어 있는 상황을 변화시키는 노력은 이어지고 있다. '바다 쪽을 조금씩 옮겨 놓았다'에서 드러나듯, '자느라고 나는 몰랐'지만, 역사의 물줄기는 도도히 흐르고 있다. 표면에 드러나지는 않았지만, 지평선 아래에서도 강물은 흘러 새벽의 길을 예비하고 있는 것이다.

'새벽이 왔음'을 알리는 메시지는 '갑자기'로 표현되고 있다. 세상 밖으로부터 갑자기 날아든 새벽은, 보이지 않는 곳에서 쉼 없이 계속되어온 노력이 있었음을 말해 주는 것이다. 그것은 민중의 외침이고 민초의 한숨에 찬 목소리이며 구성원들이 한목소리로 기도하는 것이다. '하늘이 열리고'는 새벽의 출현을 의미하는 것이다. 시에서 새벽이 성큼

다가와 고개를 내밀었을 때, '나는 다시 태어'나게 되었다. 새벽은 새로운 세상으로, 이는 변화와 개혁의 세상, 새로운 가치가 형성되는 세계, 새로움이 전면으로 부상하는 시점이고, 다시 태어남은 어제의 나와는 다름을 말한다. 잠들었던 내가 아님을 드러내고 있다.

시에서 '세상으로 나왔다'는 구절은 핵심을 이루는 부분이다. '열 개의 손가락'은 최선을 다한다는 의미로 사용되고 있다. 여기에서 자신이 가진 모든 에너지를 다해서 뜻을 이루겠다는 의지, 그것을 이루어야 한다는 사명을 읽을 수 있다. 세상의 한복판으로 나온다 함은 주변부에서 중심부로 진출함을 뜻하는 것으로, 다시 태어남을 강조하는 것이다. 수면 아래에서 잠들었던 소시민의 모습을 벗고 새로운 모습으로 변신하려는 의지가 표현된 곳이다. 잠든 사이 조약돌을 옮겼던, 역사의 드러나지 않은 주체들의 대열에 합류함으로써 새로운 길을 열고자 함, 창조적 역량을 발휘하고자 하는 의지가 표현되어 있다.

앞의 작품들에서 키워드와 극복대상인 현재, 그리고 희망하는 미래상을 중심으로 간추리면 다음과 같이 정리된다. 권기호 교수의 <이아침 새순은>에 나타난 키워드는 붉음과 새순이다. 이것은 '가스'로 대변되는 현재의 고난을 극복하고 '지성의 아침'을 향한 희망이 표현되어 있다. 서수생 교수의 <푸르른서기>의 키워드는 푸름과 생동이다. 여기에는 낡음을 딛고 일어서는 '역사의 동력'이 표현되어 있다. 조병화 시인의 <1985년이여, 서로 믿는 정직한 나라로>의 키워드는 웃음이다. 거기에는 묵은 것을 보내고 '평온 속에 번영'을 희구하는 염원이 나타나 있다. 이정우 시인의 <또 다른 축복의 한 해를>에서 추출되는 키워드는 구도이다. 이 작품에는 역사의 격랑을 딛고 기다림으로 맞는 '겸허한 새해'에 대한 기원이 담겨 있다. 서종택 시인의 <새벽>은 '새벽'을 키워드로 하고 있다. 이 시는 잠으로 대변되는 현재를 극복하고 환골탈태함으로써 '세상으로 나옴'을 지향하고 있다.

신년특집호에 실린 기념시를 중심으로 살핀 것을 통해 드러난 것은 '전진'의 코드이다. 이것은 새로운 해를 맞는 경북대인들의 염원이 표현된 것으로서 동시대의 현실을 향한 외침이자 당대 사회 구성원들을 향해 공감의 손을 내미는 것으로 해석할 수 있다. 이것은 80년대 한국인이 공유했던 시대 인식이면서 시대에 대한 과제이기도 하다. 낡은 가치에 고별을 고하면서 창조적 가치를 실현하기 위한 당대 지성인의 이런 모습은 세상을 향한 외침이면서 그것이 지향하는 바는 '미래'로 표현된다. 경북대신문 신년특집호에 실린 기념시를 통해 드러난 이러한 특징은 한국 지성사에서 80년대 지식인의 내·외면을 비춰보는 거울이다.

6.3. 빛을 부르는 진리의 노래

이 장에서 살피는 작품은 개교기념 특집호[118)에 실린 축시들이다. 개교기념호는 개교기념일에 맞춰서 발행한 특집 신문으로, 여기에 실린 축시의 내용은 학교의 사명과 역할 혹은 대학과 대학 구성원에게 주어진 과제와 미래의 희망 등과 관련된 것이다. 80년대를 공유한 사람들은 기억하고 있는 사실이지만, 80년대 대학에 주어진 사명은 진리탐구와 관련된 것에 국한되지 않았다. 당시는 대학생들이 상아탑에 갇혀서 지낼 수 있는 풍토가 아니었다. 대학은 행동하는 지성이어야 했고, 정의의 대열에서 선봉에 설 것을 요구받는 구조적 관계에 대한 이해가 우선될 필요가 있다.

〈경대여 일 년 중 가장 싱그러운 해가〉[119)

(전략)
그러나 누구이랴 이곳에서 돌을 주어 비밀을 캐던 이
별을 데려와 비밀을 캐던 이
꽃을 따와 수술을 세고 비밀을 묻던 이
하늘 한자락 쓰다듬어 비밀을 묻던 이―
그들의 오랜 사랑과 눈물, 그들의 인고와 눈물로 가꾼 것이
그대 아닌가

---

118) 경북대신문의 경우 80년대에 발간된 신년특집호 중에서 기념시가 실린 해는 88, 89, 90년이다. 이들이 이번 장에서 다루는 대상이다.
119) 1015 - 19880530 - 박재열.

그대의 힘과 젊음이 아닌가.

돌아보면 그래서
오늘의 햇살 속엔 낟알이 싱싱한 산소가 있고
오늘의 햇살 속엔 넉넉한 자양을 만들
잎파랑체가 있고
오늘의 아카시아꽃 속엔 아름다움과 꿀과
오월의 바람이 있구나.

그러나 오늘의 상쾌함과 넉넉함도
지난 밤 성긴 소나기와 폭풍이 지나갔기 때문이고
후줄근한 절규와 울분이 지나갔기 때문이 아니던가.

그래서 그대여 소중히 여겨라
소나기 지난 뒤 그대 손아귀에서 피어난
감꽃 하나를
풋풋한 감꽃 하나를
그대가 자유라고 이름해도 좋을
혹은 진리다 자율이다고 이름해도 좋을.
감꽃 하나를.

'축가'와 그것이 가능한 토대가 된 인고의 눈물, 그리고
경북대학교의 교화인 감꽃이 이 시의 의미를 구성하는 징
검다리이다. 생일을 자축하는 노래는 일 년 중 가장 싱그러
운 오월의 기운 위에서 울려 퍼진다. 시에서 노래하듯, 오
월의 바람에는 낟알이 싱싱한 산소가 있고, 아카시아꽃 속
엔 아름다움과 꿀과 오월의 바람이 있다. 햇살이 가장 좋은
계절에 황금색 축가가 펼쳐지는 곳은 축제의 장이다. 생일
을 맞는 때가 계절의 축복을 받는 시기이고, 싱그러움과 활

기가 넘치는 젊음의 시기이며, 산소로 대변되는 생명의 기
운이 만개하는 시기이기도 하다.

축제의 장은 인고와 눈물로 가꾼 것이라는 메시지가 이
어진다. 통과의례를 치르듯, 오늘의 상쾌함과 '소나기와 폭
풍', '절규와 울분'이 지난 자리에서 이루어진 것임을 강조
하는 것은 이를 대변해 준다. 오늘 축제의 장소도 어제는
'황량한 언덕들'이었고, 그때 한여름에 '뜻 없이 여치가 울
던' 곳이었다. 뿐만 아니라 시에서 말하듯, '속 깊은 비밀
이 수만 년 돌처럼 버려져 왔음'을 기억해야 하는 것도, 오
늘의 황금색 축가는 인고와 눈물로 가꾼 '그대', 그대의 힘
과 젊음이 있었기에 가능한 것이기 때문이다. 전통과 역사
는 교정에 선 아름드리나무가 말해 주듯, 세월의 무게 값이
다. 오늘 누리는 봄바람은 어제의 소나기를 딛고 세워진 것
임을 잊지 말아야 한다.

감꽃은 경북대학교를 대변한다.[120] 그래서 그것은 대학의
기본 가치인 '진리'와 '자율'이 된다. '소나기'가 지난 뒤의
감꽃을 기억해야 함은 그 가치를 소중히 여기라는 지침이
기도 하다. 이는 햇살 아래에서 누리는 감꽃의 향기에 묻어
나는 선배의 땀 냄새를 알아야 한다는 말과 다르지 않다.
비바람에 맞섰던, 소나기와 폭풍 앞에서 절규와 울분을 토

---

120) 감꽃은 경북대학교의 교화이다. 김달웅(2006), 『경북대학교 60년사』, 경북대학
　　교, p.55.

했던 선배의 진정성을 기억해야 한다. 캠퍼스 곳곳에 손때 묻은 자취들은 지금 기억에서 지워져 가는 선배들이 뿌린 추억의 씨앗들이다. 감꽃으로 다시 피워 내야 하는 것은 대학의 소중한 가치이며, 이것은 선배들이 걸었던 길의 연장에서 한 발 더 내딛는 것이다.

〈질문 형식으로〉[121]

(전략)
이렇듯 아득한 미궁의 늪에서
우리가 꿈꾸는 자유의 하늘,
우리가 찾아야 할 민주의 거리,
우리가 가야할 평화의 풀밭.
우리가 만나야 할 평등의 밥상.
우리가 찾아나선 통일의 지평선,
거기가 어디인지, 얼마쯤인지
얼마나 험난한지, 대학은 무엇인지
선 자리, 갈 길을 알고 있을까
대자보 게시판과 유리창 강의실과
낙서 바람벽과 돋보기 연구실과 서류뭉치 사무실과
고담준론 도서관은 알고 있을까
늪의 주인은 그러면 누구인지
대학은 무엇인지, 무엇이어야 하는지
그러나 보라!
박물관 가는 길에 탑이 있어
비바람 사십여 년 인고의 탑이 있어,
동트는 꼭두새벽 예비하고 있나니!

---

121) 1033 - 19890529 - 강현국.

현재의 상황으로 그려지는 것은 '미궁의 늪'이다. 늪은 빠져 나오려 애쓰면 더 깊이 빠져드는 속성을 지녔다. 극복하기 쉽지 않은 현실을 적절히 표현하고 있는 구절이다. 시의 전반부 전체가 그것을 그리고 있다. '나-경북대-지식인-대학'으로 그 주체가 반복되면서 범위가 확장되는 구조를 이루는데, '희망인지, 절망인지 알 것도 같고 모를 것도 같'을 뿐만 아니라 '알아야 될 것 같고, 안 알아야 될 것 같고'로 표현된 구절에 이르면, 이 시에서 그려지는 미궁이 어떤 세계인지 확인할 수 있다. 이것은 대학의 문제이자 사회 전체의 문제이며, 나의 문제이자 우리 모두의 문제이기도 하다.

시에서 꿈꾸는 대학의 모습은 미궁의 늪에서 빠져 나오는 길에서 출발한다. 보편과 상대적 가치체계에 대한 판단 불능, 학습된 지식과 신념도 확신할 수 없는 현 상황은 극복되어야 할 대상이다. 이것은 대학의 진정성을 정립하는 길이며, 대학과 대학 구성원의 미래를 설계하는 지침이 될 수 있다는 점에서 중요한 가치를 지닌다. 키워드로 제시되는 것은 자유, 민주, 평화, 평등, 통일이다. 이들은 모두 당대의 가장 절실한 과제로 제기된 것들이다. 정치적 문제들과 모두 연결된 과제들이라는 공통점을 갖는 이들은 시대적 상황을 외면할 수 없는 대학의 현실이 반영된 것이다.

새벽을 예고하는 인고의 탑은 대학상을 대변하는 존재이

다. 시에서, 혼돈과 판단 불능의 상황을 정리하면서 대학의 정체성을 회복하고 대학의 진로를 열어주는 것이 탑으로 그려지고 있다. 그것은 대학의 역사와 함께한, 비바람에 노출된 탑의 모습으로 우리에게 다가온다. 그것은 가장 낮은 곳에서, 가장 오랫동안 묵묵히 역할을 수행해 온 경북대학교 역사의 파수꾼이자 증인이다. 또한 대학의 지나온 시간을 기록하는 기록자이면서 나아갈 바를 안내하는 예지자이기도 하다. 새벽을 열고 있는, 대학의 진정성을 획득하는 희망의 탑이면서 비바람의 고난을 견디며 이겨왔다는 점에서 인고의 탑이다.

〈복현동 언덕의 빛〉[122]

오소서, 빛이여
제비꽃
아카시아꽃
꿀벌 잉잉거리는
세상에는 아직도 어둠이 가득합니다.
사물은 보이지 않고
마음은 그 문을 굳게 닫고 있지만
어두울수록 목마르고
어두울수록 그리운 이 마음은
어떤 사물로 이루어진 것이기에
입을 막으면
돌멩이조차 소리 소리 지르는 것입니까.

---

122) 1045 - 19900528 - 엄국현.

빛이 있어라
빛이 생긴
그 말씀
그 진리 찾아
복현동 언덕을 가꾸기 44년
이마에 땀 흘리며
슬픈 빵을 먹기 전에
이마에 땀 흘리며
산고 치르기 전에
따먹지 말라는 열매를 따먹고
눈이 더욱 밝아져서
우리가 알몸임을 보아야 하리니
복현동 언덕으로
오소서
그대 빛이여.

빛이 찾아 들기를 갈구하는 이 시는 '어둠이 가득한 세상'에 대한 인식으로 시작하고 있다. 분간되지 않아 판단할 수 없는 상황이고, 전망이 불투명한 시점이지만, 이것이 극복된 상태에 대한 기대는 남아 있다. 닫힌 문이 열릴 가능성을 믿고 있는 것이 그것이다. 그래서 어둠이 짙어 갈수록 갈증은 더해 가고 밤이 깊어 갈수록 그리움이 더해 가게 된다. 닭의 목을 비틀어도 새벽은 온다고 했듯이, 시에서 입을 막으면 돌멩이조차 소리를 지른다고 한다. 꽉 막힌 마음의 문과 아무것도 보이지 않는 전망 부재의 현실이지만, 역설적으로 그것이 깊어 갈수록 반전의 아침은 더 다가온다는 믿음으로 새벽을 기다리는 것이다.

빛으로 가는 길은 진리 찾기이다. 시에서는 진리 찾기 44년으로 나타난다. 경북대학교의 교시[123) 중 첫째는 진리로, 이는 진리의 횃불을 밝히는 것이다. 진리는 학문의 전당인 대학이 추구해야 할 최고·최상의 가치이다. 진리의 탐구야말로 정통적인 대학의 이념에 가장 투철한 것이다. 다음은 긍지이다. 구성원들의 드높은 긍지와 자부심은 대구 경북 최고의 명문대학으로서의 위상을 이어가는 원동력이 되고 있다. 셋째는 봉사이다. 책임 있는 지성인으로서 사회에 봉사한다. 봉사는 오늘날의 대학이 더욱 사명감을 갖고 수행해야 할 대학의 중요한 기능 중 하나다.

복현 언덕으로 오기를 기대하고 기원하는 것은 빛이다. 복현 언덕을 비추는 빛은 창조력, 우주적 에너지, 빛남이라는 의미를 지닌다.[124) 창조력은 학문의 원천이자 대학의 존립 기반이 된다. 나아가 새로운 역사를 열기 위한 발상의 전환은 창조적 에너지에 뿌리를 두게 된다. 우주적 에너지는 그 원천의 장구함과 그것의 활용 분야의 장대함을 말해준다. 빛남은 맑은 정신을 떠올린다. 대학 구성원들의 총기는 여기에 연결되는 개념이다. 빛남이 발산하는 으뜸의 이미지는 복현인들이 갖는 긍지와 연결되면서 복현골의 위상을 대변하는 말이다. 또한 빛이 내포하는 보석의 이미지는

---

123) 김달웅(2006), 『경북대학교 60년사』, 경북대학교, pp.54−5.
124) 이승훈 편(1995), 『문학상징사전』, 고려원, p.248.

복현골 구성원들을 지칭하는 한편 복현골의 미래를 담고 있는 표현이다.

앞에서 살핀 개교기념특집호에 실린 작품들에서 키워드와 중심 의미를 간추리면 다음과 같이 정리된다. 박재열 시인의 <경대여 일 년 중 가장 싱그러운 해가>의 키워드는 노래와 황금색이다. 이 시에는 에너지 충만한 젊은 '그대'로 표현된 당대 구성원에게 부여된 사명, 그리고 진리와 자율로 대변되는 감꽃, 즉 경북대학교의 걸어온 길에 대한 가치와 브랜드에 대한 인식이 나타나 있다. 강현국 시인의 <질문 형식으로>의 키워드는 새벽이다. 여기에는 탑으로 표현된 자유와 민주와 평등, 즉 대학의 본질 가치에 대해 강조함으로써 대학의 사명과 역할을 밝히고 있다. 엄국현 시인의 <복현동 언덕의 빛>의 키워드는 알몸이다. 여기에는 창조력과 우주적 에너지, 빛남으로 대변되는 빛을 복현 언덕으로 부르는 행위를 통해 복현 캠퍼스를 시대의 성지로 부상시키고 있다.

개교기념특집호에 실린 기념시를 중심으로 살폈을 때 드러난 코드는 '비상'이다. 이것은 학교[125]와 학교 구성원들에게 주어진 '현재'의 과제이다. 80년대 대학은 성역이었다.

---

125) 여기서 학교는 학교 자체의 브랜드 개념이다. 학교의 역사와 전통, 졸업생, 그리고 학교에 몸담고 있는 교수, 직원, 학생의 구성원, 그리고 교수들의 학문의 역량과 학생들의 수학 능력 등을 아우르는 개념이다.

캠퍼스를 둘러싼 높은 담장은 물론이고, 9시 뉴스 전면에 대학생들의 시위 장면이 보도되고 전국의 하늘이 최루가스로 뒤덮일 때에도 군화발로 대변되는 공권력이 계엄령 등 특수 상황을 제외하고는 캠퍼스 안으로 발을 들여놓지 못했다. 상아탑으로 보호받았고, 자유와 평등과 민주가 가장 절실한 화두로 떠오를 때에도 캠퍼스 안은 그것을 누릴 수 있는 공간이었다. 이런 현실을 감안하면, 비상을 향한 경북대인의 코드는 당대 지식인의 코드이기도 하다. 또한 이는 당대 사회 구성원 전체의 교감이 전제되어야 가능한 것이라는 점에서 80년대의 지형도이자 당대 한국 지성사의 과제이다.

6.4. '전진과 비상', 당대의 과제

오늘날 경북대신문은 경북대학교의 역사를 실상에 가장 부합하게 기록한 매체이다. 경북대학교와 경북대학교가 속한 대구 경북지역, 그리고 한국 근대사에서 이슈가 되었던 것을 대학인의 시각으로 대학의 토대 위에서 가장 정확하고 정직하게 담고 있는 기록물이다. 그곳에 실린 내용은 당대에는 조각 정보에 지나지 않던 것도 반세기 시간의 축적을 통해 동일한 계열의 정보가 지속적으로 업데이트됨으로써, 지금의 시점에서는 정보의 보물단지가 되었다. 그런 점에서 경북대신문은 경북대학교와 당대 한국 사회, 그리고 지식인 집단의 실체를 발견하고 진단할 수 있는 매체이자 지나간 역사의 거울이다.

이 글은 경북대신문 특집호에 실린 기념시를 통해서 1980년대를 살핀 것이다. 특집호에 실린 기념시는 당대의 중심 이슈를 지식인의 시각에서 가장 집약적으로 반영하고 있다는 점에서 유용한 탐구 대상이다. 신년특집호와 개교기념특집호에 실린 기념시를 분석함으로써 얻은 결과는 다음과 같이 정리된다. 축시의 코드로 보면, 전진과 비상[126]이다. 각각 세상과 학교를 향한 외침이고 이들은 각각 미래와 현재를 지향하고 있다. 역할을 보면 세상을 밝힘과 인재를 키움이다. 각각 정치와 학문의 영역을 화두로 삼으며, '민주와 평등' 그리고 '진리와 자율'을 내세운다. '미래의 희망'과 '현재의 성과'를 논의의 중심에 두면서 '세상의 빛을 밝히라'와 '열매를 손에 쥐어라'를 모토로 삼고 있다.

신년특집호에 실린 기념시를 중심으로 살핀 것을 통해 드러난 것은 '전진'의 코드는 세상을 향한 외침이면서 그것이 지향하는 바는 '미래'이다. 개교기념특집호에 실린 기념시를 중심으로 살폈을 때 드러난 코드는 '비상'으로, 이는 학교와 학교 구성원들에게 주어진 '현재'의 과제이다. 이

---

126) 이하 문장에서 쌍으로 기술되는 것 중 앞의 것은 신년특집호의 기념시, 뒤의 것은 개교기념특집호의 기념시에 해당하는 것이다.

둘은 '희망의 기원'으로 수렴된다. 경북대신문의 코드는 경
북대인과 당대 지식인의 코드로 확장된다. 이는 다시 당대
사회 구성원 전체의 교감이 전제된다는 점에서 전진과 비
상의 코드가 수렴된 희망은 80년대 경북대와 한국의 지형
도이자 당대의 과제이다.

1980~1990년대 대구지역 시의 현실 대응

7.1. 삶 속의 문학과 문예운동

이 글에서는 80년대와 90년대의 대구지역 시단이 보인 삶의 현실에 대한 인식과 대응양상을 밝혀보고자 한다. 이를 위해 당시 지역에서 발행된 문예지에 실린 시를 중심으로 이 시기에 정치, 교육, 노동 분야에서 드러나는 특징에 주목하여 살피고자 한다. 대구지역은 한국 근대 문단에 주요한 양분을 제공해 왔다. 80년대 이후에 지역문단에서는 '문예운동'의 측면에서 볼 때, 민중·민족문학운동의 확립을 위한 노력이 지속되었다. 『분단시대』, 『오늘의 시』, 『나아가는 문학』과 더불어 『우리문학』이 그 중심에 있었고, 오늘날까지 『사람의 문학』이 그 계보를 이어오고 있다.

80년대는 문학이 현실의 삶 속에 뿌리를 내려야 한다는 믿음을 적극적으로 실천에 옮긴 시기이다. 전문 지식인이나 작가들에게 독점되어 오던 담당층의 확대도 이 시기의 두드러진 특징의 하나이다. 작가층이 노동자 등 민중으로 개방적으로 확산되었으며, 특히 시 부분에서 젊은 신인들이 대거 등장하면서 문단의 한 축을 형성하였다. 작가층의 확산은 기존의 문학관의 변모를 반영하는 것이고, 젊은 문인의 증가는 문단에 새로운 에너지를 충전하는 것이었다. 이들은 동인지와 무크지 간행에 적극 참여함으로써 발표 지면을 확대하면서 문단 활성화에 기여하였다.

이 시기에 배창환·김종인·정대호·김용락 등이 참여한 『분단시대』(1984)가 진보지의 문을 열었고, 송재학·문형렬·김재진·장옥관·정화진 등이 참여한 『오늘의 시』(1984)가 간행되었다. 그리고 박재열·구석본·이진홍·김영수·이재훈·이구락 등이 참여하여 만든 『형상』(1980)이 6집까지 발행되었으며, 서지월·조욱현·엄봉훈·김세웅 등의 동인이 참여한 『낭만시』(1987)는 3집까지, 박곤걸·하청호·박정남·조행자·이유환·권운지 등이 참여한 『자연시』(1988)도 6집까지 간행되었다. 80년대는 기존 문단의 주류를 이루던 소위 순수문학과 함께 민중문학이 부상하는 시기였다. 다양한 문학잡지들의 출판이 한몫을 했는데, 『오늘의 문학』, 『문화비평』, 『대구문학』, 『대구소설』 등도 이 시기에 창간되었다.

 시 교육과 시 읽기 현장

위 인용문에는 80년대에 발행된 문예지들의 특징이 잘
드러나 있다. 급변하고 있는 시대적 상황에 대한 지적, 척
박한 땅에서도 봄을 준비하고 있을 민족민중문학의 싹들에
대한 믿음, 그리고 썩어 새싹을 피우는 밀알처럼 『나아가
는 문학』이 참다운 지역문학의 밑거름이 되겠다는 의지가
드러나 있다. 이런 인식과 태도는 당시 지역 문인들의 입장
을 대변하는 것이라 할 수 있다.

80년대는 분단문제, 군대문제, 독재정치문제, 노동문제,
소외된 농민문제 등 거대담론이 주류를 이루었다면 90년대
에는 작은 것 속에서 삶의 가치를 찾아가는 '세태성'이 주
된 특징으로 이야기된다. 90년대는 일상에 더 가까워진 미
세담론의 특징을 드러내고 있는 것이다. 이 시기에는 문민

───────────────

127) 편집부(1987), 「2집을 내면서」, 『나아가는 문학』 2집 머리말, 그루.

정부를 표방하는 정치적 상황에서 사회적으로는 지방자치제의 부활과 함께 지역문학에도 변화를 띠게 된다. 중앙문단과는 별도로 지역에서 발행되지만 중앙문단과 견주려는 시도가 구체적인 성과로 나타나게 된다.

이 시기에는 이전부터의 문학 동인지가 속간되는 중에서도 대구에서는 1992년 가을에 시 전문 계간지 『시와 반시』가 창간되어 2009년 현재 17주년을 넘기며 그 소명을 다하고 있다. "『시와 반시』의 출발은 …… 서울이 아닌 지역에도 제대로 된 시 전문 잡지 하나쯤 있어야겠다는 것이다. 작고 소박한, 그러나 분명한 우리들의 희망 속에는 적지 않은 갈증과 허기의 시간들이 퇴적되어 있다. …… 우리는 우리 시의 최고의 전통이 어디로 이어져야 할지를 엄정한 눈으로 살필 것이다. …… 척박한 땅에 씨 뿌리는 이 순간의 오기와 고독이 풍화되는 그날을 기다리겠다."[128]에서 우리는 이 시기 대구지역 문인들의 지역문학에 대한 갈증과 포부를 발견할 수가 있다.

그리고 1994년 초에는 지역문학의 종합지를 표방하고 나선 계간지 『사람의 문학』이 창간되었다. 이후 대표적인 지역 문예지로서 현재까지 간행되고 있다. 이 잡지에 실린 수차례의 강연과 특집 중에서 본 논의와 직접 관련되는 것으로는 "지방화 시대의 지역문학"(1995년 가을호 특집[129])과

---

128) 시와반시(1992), 「창간호를 내면서」, 『시와 반시』 창간호, 시와 반시사.

"지역문학에 대한 반성과 전망"(2000년 봄호 특집[130])이 특히 주목된다. 지방 혹은 지역이 시대의 화두가 된 90년대에도 교육과 삶의 현장 문제는 여전히 지역 문단의 중심에 있었다.

7.2. 정치: 민주화와 지방화의 초석

7.2.1. 민주화와 통일의 열망

동인지 또는 무크의 소집단 운동은 80년대의 두드러진 특징이다. 부정기 간행물인 무크의 출현은 문학사적으로나 문단사적으로 간과할 수 없는 의의를 가진다. 80년대 초반 정기 간행물인 일간신문의 강제적 통폐합과 문단의 두 축이었던 계간지 『창작과 비평』, 『문학과 지성』의 폐간 조치는 무크가 활성화되는 배경을 제공하였다. 그러나 무크가 이들 매체에 대한 단순한 문학적 대응양식에 그치는 것은 아니었다. 80년대에 대학 신문이 기성언론에 대한 대안언론으로서의 역할을 한 것도 이런 정치적 상황과 무관하지 않다.

이런 면에서 무크의 소집단 운동은 언론의 대체매체로서

---

129) 이태수·박신헌·나덕기의 평론이 실리고, 이주형·정지창·이하석이 정대호의 사회로 좌담을 가졌다.

130) 염무웅·이태수·송재학·류덕제가 김용락의 사회로 특집 좌담을 가졌다.

의 역할을 자임하면서 억압적 지배 체제와 지배 이데올로기에 대한 계급 투쟁적 성격을 강하게 띤 문화운동이었다.[131] 무크라는 새로운 매체기구의 형성요인의 하나로서 '경향성 출판물의 성숙된 역량'[132]이라는 측면은 생산 현장이나 투쟁 현장을 소재로 한 노동계급의 수기, 르포, 편지글과 같은 기존의 문학에서 변두리 장르의 위치에 있던 작품이 무크지의 지면을 채웠다. 매체로서의 역할과 지배이데올로기에 대한 반기, 문학 담당층의 확산, 그리고 이와 맞물린 장르의 다양화와 주변 장르의 부상 등이 80년대 무크가 낳은 문단의 두드러진 특징이다.

80년대 형성되는 지역문학은 광주민주화 운동의 연속선상에 있다고 할 수 있다. 그리고 우리시대의 파행적 역사의 진원인 분단을 극복하고 민족통일로 향하는 문화 투쟁의 연장이기도 하다. 광주의 『오월시』, 전주의 『남민시』, 대전의 『삶의 문학』, 마산의 『마산문화』, 부산의 『토박이』 등과 함께 대구에서 『분단시대』가 탄생하였다. "차령산맥과 추풍령 고개를 쉴 새 없이 넘나들며……" 대구·청주지역을 연계로 1984년 5월 동인지 제1집 "이 땅의 하나 됨을 향하여"라는 부제를 달고 세상에 나왔다.

---

131) 김준오(1997), 「한국 시단, 무엇이 문제인가」, 『시와 반시』 통권 22호, pp.184 - 185.

132) 김도연(1984), 「장르의 확산을 위하여」, 백락청·염무웅, 『한국문학의 현단계 Ⅳ』, 창작과 비평사, p.265.

『분단시대』 동인의 출발은 삶과 문학에 대한 진지한 모색과 고민이라고 하겠다. 당대 삶의 부조리에 '분단'이 차지하는 비중에 주목하고 있다. 즉 분단이 문화적 병폐의 창궐, 경제의 불평등, 정치의 파괴를 낳게 된 제반 민족 모순의 근원임을 확인하고 있다. "단절에서 민족적 하나 됨"이란 선언적인 동인 발문은 이 문예지 태동의 동인과 향후의 문학활동에 대한 방향성을 예고하는 것임을 쉽게 발견할 수 있다.

> "한 시대의 정신문화는 당대만이라고 할 수 없는 일정한 역사적 흐름 위에서 생성, 발전되는 과정에 있으면서, 예외 없이, 당대에 사는 모두에게 절대적 힘으로 작용한다. 그러면서, 각 구성원의 새로운 삶의 가치 혹은 역사적 전망과 비전을 창출하는 원동력이 된다는 점에서 가장 구속력이 강한 민중교육의 현장임을 부인할 수 없을 것이다. ……진정으로, 우리는 민족의 통일을 우리 민족의 참다운 삶과 자유를 회복해 줄 수 있으리라 믿고 있다."[133]

문학운동의 교두보로서의 역할을 담당했던 분단시대는 2집 『이 더움을 사르는 끝없는 몸짓』에서 문학 <무크지>의 성격을 띠며 소설과 평론 등 다양한 장르의 확충을 시도한다. 위 인용문에서는 민중적·민주적·민족적 시대 요구 상황이 도래해야 할 민족통일의 당위성을 현장 인식이라는 중요한 교육적 가치를 통해 확인하면서 동시에 결집

---

133) 편집부(1985), 『이 더움을 사르는 끝없는 몸짓』 서문, 온누리.

된 동인 의지를 반영하고 있다.[134]

> 그 어느 소풍날처럼 푸른 하늘이었다
> 도청 정문 바리케이트에서 총성이 울리고
> 네가 쓰러지고
> 너의 짧게 깎은 머리위로 피가 번졌지
> 너는 앳된 중학생
> 네가 외롭게 누워있던
> 광장의 숨죽인 정적
> 그 정적으로부터
> 너는 오느냐
>
> — 김진경 〈復活 — 5 · 18에〉 부분

> 꿈이 지워져도 두려움이 멎지 않는 것은
> 꿈을 만든 틀이 세상이기 때문입니다
>
> 입가에 피칠을 한 세상이
> 어그적 어그적 고기를 씹고 있었습니다
>
> — 이성복 〈꿈〉 부분

　지역의 시인이 바라보는, 그리고 시로 노래되는 80년대는 위와 같다. 분단시대 동인들이나 이런 시에서 문학이 개인적 고뇌에 의한 사적 소유의 생산물이 아니라, 공동체 사회에서 삶과 함께하는 시대적 고민임을 확인할 수 있다. 그것은 앞서 언급했듯이 80년대의 두드러진 특징이기도 하다.

---

134) 3집 『민중의 희망을 노래하라』(학민사, 1987)는 농촌, 공장, 운전사 등 노동현장에서 일하는 젊은 시인들의 작품을 실음으로써 지역문학의 생산주체로 현장근로자들을 수렴하고 있다.

시대와의 불화는 새삼스런 것이 아니지만, 분단의 모순이 뻗치고 있는, 보이지 않는, 그러나 느낄 수 있는 손의 마력은 당대 문인들이 직면한 과제였다. 민주화에 대한 열망과 그 길을 걷는 사람들의 풍경은 김지하의 <타는 목마름으로>에서 우리는 일찍이 경험했다. 이에 대한 실천적인 노력이 지역의 문단에서도 피어나고 있었음을 이들에서 확인할 수 있다.

7.2.2. 지방화·진보의 디딤돌

90년대 들어 지방자치시대라는 정치적 상황의 변화에 맞추어 대구 지역 문단에 인 가장 큰 변화는 지역문학의 뿌리를 찾으려는 노력이 구체적인 결실을 보게 되었다는 점이다. 기존에 중앙문학과 지방문학으로 인식되던 종속성을 거부하고 지역문학으로서의 대등한 위치를 확보하려는 노력은 『시와 반시』, 『사람의 문학』 등으로 나타났다. "사실 『시와 반시』의 창간 배경도 문화적 종속성 벗어나기가 제일 큰 것이었습니다. 누가 뭐라 하든, 당대의 시대정신이 무엇이든 간에 자신이 발 디딘 땅이 삶의 중심이며 자신의 문학적 상상력이 세계의 한가운데임을 확신하고 실천하는 태도야말로 가장 값진 시인의 덕목이 아닌가 합니다."[135]

---

135) 강현국(1995), 「좌담, 지역자치 문화자치」, 『시와 반시』 통권 14호, p.194.

등이 이를 잘 말해 주고 있다.

우리 문단에서 주류를 이루어 온 순수문학이라는 것은 기득권, 우파적인 것과 밀접한 관련을 갖고 있다. 대구·경북 지역이 전통적으로 순수문학이 강했다는 것은 그만큼 정치권과의 거리가 가깝고, 그만큼 정치적인 이익 부분에 상당한 관련을 가지고 있었다는 것을 의미하는 것이기도 하다. 지역의 문예지들을 보아도 오랜 전통을 가진 것은 거의 예외 없이 '굳이' 좌우로 나누자면 모두 오른쪽에 서는 것이다. 이른 흐름과 다른 문예지로는 80년대 중반에 『거친 들판에 씨앗을』, 『우리문학』이라는 계간지가 있었고, 이의 연장에 90년대의 『사람의 문학』이 있다고 할 수 있다.

> 해방 직후 1945년에 『건국공론』, 1946년에 『민고』 등 진보성 잡지가 잠시 나타났으나 계속된 간행을 하지 못했고, 오히려 아동문학에서는 1945년에 『아동』, 1946년에 『새싹』이 창간되어 1949년까지 이어져 지역문학의 열기를 보여주었다. 그 후 진보적 입장에서 지역적 토대 위에서의 활동은 거의 보이지 않는다. 1985년 종합 무크지로써 『거친 들판에 씨앗을』을 내고 계간지 『우리문학』의 창간 등을 시도하여 지역문학의 열기를 끌어올리려 하였으나 그 또한 제대로 뜻을 이루지 못했다. 우리들은 이 모든 것들을 우리들의 앞으로의 활동에 밑거름으로 삼고자 한다. (……)
>
> 우리들의 활동은 진보적 입장을 견지할 것이다. 이런 면에서 이 지역에서 나온 다른 문예물들과 선의의 경쟁을 할 것이다. 이것 또한 지역문학의 올바른 발전을 위하여 서로 보완적 입장에서 상승작용을 할 수 있으리라 믿는다.[136)]

---

136) 사람의 문학(1994), 「'사람의 문학'을 창간하면서」, 『사람의 문학』 창간호.

지역문단에서 『사람의 문학』이 갖는 의미, 즉 지역지라는 특성과 진보지라는 특성이 갖는 가치의 무게는 적지 않다. "중심, 그것은 무엇일까. 어디에다 이정표를 정하고 그 잔가지를 내뻗는 것일까. …… 변방에 뿌리를 두고 변방을 지켜 나가는 작가들이야말로 그 중심에 있는 작가들이 아닌가 싶다. 그 실체는 다름 아닌, 더디고 어눌하나 적어도 자리를 지키고 있으며 그리고 진솔하지 않은가."[137]는 『사람의 문학』의 색깔과 향기에 가장 알맞은 지적이라 할 수 있겠다.

7.3. 교육: 삶을 위한 교육과 개혁

7.3.1. 삶을 위한 교육의 실천

80년대 교육 현장에서 주목할 것은 교육민주화 운동이다. 전교조로 대표되는 이 시기의 교육운동은 '우리의 민족적 과제인 민주화와 분단 극복 내지, 통일에의 의지를 표명하는 것이나 민족자립경제를 이룩하기 위한 주체적인 교육'을 요청하고 있다. 지역 문단의 한 축이 교사 등의 교육자군이다. 이들의 교육 현실에 대한 요구와 노력이 작품으

---

137) 박영희(2000), 「변방, 그 중심의 실체」, 『사람의 문학』, 겨울호, pp.307-308.

로 혹은 운동으로 나타났다. 교사들의 이런 노력의 결과 단행본으로 출판되기도 했다.[138] 열린 교과서관[139]은 교과서의 내용은 언제나 옳은 정답으로서가 아니라 지금까지 인간이 성취한 문제해결의 사례에서 본보기가 되는 것을 가려 모은 것으로 보려는 입장이다.

결국 기존에 학교에서 이루어지는 문학교육은, 한편으로는 '국민정신교육'이라는 정권 담당층의 지배이데올로기의 전달 수단이 되고, 다른 한편으로는 구체적인 삶의 현실로부터 동떨어진 '순수주의'의 외피를 쓰고 있다. 문학이 현실과 무관하다는 탈사회적이고 탈정치적인 생각과, 문학교육이 국민정신교육과 이데올로기 비판교육에 봉사해야 된다는 지침은 이미 그 자체로 내적 모순을 안고 있다.[140] 뿐만 아니라 학교 교육이 안고 있는 경직성과 목적 전도의 현실은 어제오늘의 문제가 아니지만, 여전히 주된 모순으로 작용하고 있음을 아래 인용에서 확인할 수 있다.

졸업이 몇 달 남지 않았다고
졸업장이라도 있으면 살아 가면서
유리한 증서가 될 수 있다고

---

138) 문학교육연구회(1987), 『삶을 위한 문학교육: 현장교사들이 분석한 국어교과서』, 연구사.

139) 곽병선(1986), 『오늘의 책』 Vol. 11, 가을호 참조.

140) 박우현(1987), 「열린 교과선관과 교사의 자리찾기」, 『나아가는 문학』 Vol 2, 그루, p.33.

부모님 생각해서라도 학업을 계속하라고
나의 편한 생각으로 만류해 보았지만
오늘의 교육으로는 너는 뜻을 키울 수 없다고
심각하게 얘기했을 때
인주처럼 얼굴이 벌겋게 된 채
도장을 찍고 말았지
걱정 어린 나를 오히려 위로하며
아버지 표구일 다 배우고 나면
선생님 작품을 멋있게 표구해 드리겠다며
교문을 떠나는 너를 보면
그물도 어부도 없는 큰 강으로 떠나는
물고기같은 생각이 났다.

— 김윤현 〈자퇴서〉 부분(밑줄 인용자)

개인의 객관적인 능력에 앞서서 간판이 우선되는 학벌 사회의 폐단은 꾸준히 제기되고 있음에도 불구하고 쉽게 개선되지 않는 문제이기도 하다. 위의 시에서 화자는 학벌 사회라는 엄연한 현실에도 불구하고 꿈을 찾아 떠나는 제자의 뒷모습에서 '큰 강으로 떠나는' 그림을 그리고 있다. 여기서 우리가 발견할 수 있는 것은, 역설적으로 학생의 '꿈을 키울 수 없는' 학교 교육의 현실이다.

시험과 점수만이 아님을 알고 있었지만
어떠랴 이 땅 어디 간들
비굴하게 살고 싶지 않다며
그러나,
아이들과의 약속을 지키지 못함이

참교육을 위한 몸부림 끝에 학교를 떠나는 선생님들의 풍경을 그리고 있는 작품이다. 학생에 대한 사랑, 삶에서 너무 멀어진 교실에 대한 반성, 모순을 감싸고 있는 겹겹의 벽들에 대한 거부 등이 명시적인 성과를 거두기에는 당시의 벽이 너무 높고 견고했다. 그러나 전교조 활동이나 교사들의 교재 집필 등은 80년대 우리 교육의 수준과 교사의 수준을 한 단계 높인 성과라고 평가할 수 있다. 여기에는 "너는 누구나/막걸리나 흘리며/객기로 정치나 예술은 논하는/＜미스 동국＞이나 기획하는/＜연홍제＞ 티켓이나 판매하는/날아다니는 돌이나 신기하게 구경하는/공부만 잘하는 너는."(김윤현 ＜대학일기·9 - 너는 누구나＞ 부분)에서처럼 자기반성이 그 바탕이 되고 있음은 물론이다.

7.3.2. 교실·교단의 개혁 의지

90년대에도 교육은 지역 문단의 여전히 중요한 영역을 차지하고 있다. 80년대가 시를 중심으로 했다면, 그 중심이 소설로 옮아 온 것이 변화라고 할 수 있다. 교육 소설의 중심에는 정만진이 있다. 정만진 소설은 오랜 구조적 모순 속에서 찌들 대로 찌든 교육현실을 차분하게 파고들어 한편으로는 통쾌함을 주면서, 다른 한편으로는 다시 한 번 진지하게 생각해 보게 하는 힘이 있다. 그의 소설 속 사건들은 대부분 직접 체험할 수 있는 것들이다. 이 점이 그의 소설을 생생하게 살아 있는 소설이 되게 하는데, 이는 교육 현장에서의 직접 체험이 바탕이 되고 있기 때문이다.

'교육소설집'이라는 부제가 붙은 『별 헤는 밤』[141]에는 다른 지면에 발표된 8편의 중·단편소설이 실려 있다. 이들은 한결같이 우리 교육 현실의 문제점을 고발하고 있다. 1990년에 출간한 『강 선생의 겨울』에서도 역시 마찬가지다. 정만진의, 국어교육과 졸업과 교직 생활, 전교조 참여로 해직과 복직 등의 치열했던 이력도 이와 궤를 같이한다.[142] 소설 쓰기는 그의 삶과 생활실천의 일부분이었다고 할 수 있다. 80년대식으로 풀어헤치는 그의 소설 쓰기는, 현실의 겉모양은 변했지만 그것의 뿌리에 닿아 있는 문제는 그대로 남아 있는 현실인식을 반영하고 있다고 보인다. 90년대에 발견할 수 있는 80년대식 치열성이라고 할 수 있겠다.

> 왜 그럴까. 가장 인간적이어야 할 사람들이 왜 그렇게 비인간적일까. 가장 도덕적이어야 할 사람들이 왜 그렇게 타락했을까. 가장 민주적인 방법으로 모든 일을 처리해야 할 사람들이 어쩌면 그렇게 하나같

---

141) 정만진(1996), 『별헤는 밤』, 도서출판 사람.
142) 제3교육소설집(『한낮의 연극』, 도서출판 사람, 1999.)도 출간했다.

이 독선적이고 자기중심적일까. 왜 그렇게 강한 데 비굴하고 약한 데 고압적일까. 게다가, 속으로는 온갖 지저분한 잔머리는 다 굴리면서 겉으로는 늘 고상하고 점잖은 체하는 그 한심한 모습이라니…….

위 인용문은 민현기 교수의 연작 <교수열전>[143]의 일부이다. 이 작품은 후에 단행본으로 나왔는데, 교수 사회의 모순과 부조리를 파헤치고 있다는 점에서 주목된다. 대표적인 지식인 집단이자 사회 지도층인 교수들을 가리고 있던 겹겹의 막들이 벗겨지면서 드러나는 치부는 교단의 자성과 개혁에 대한 요구를 불러일으켰다. 교수의 눈으로 바라본 교수집단의 풍경이 '회색빛'으로 고발되고 있다. 이들은 교육 현장에 대한 개혁과 정화를 위한 열의와 노력이 가져온 결과라고 하겠다.

> 학교가 보일까 봐
> 학교가 보이지 않는 골목길로 돌아간다.
> 그래도 보이면
> 고개 숙이고 간다.
> 그래도 보이면
> '난 학교 같은 거 안 본다'
> 속으로 빽 소리치며
> 자전거 페달을 전속력으로 밟는다.
>
> — 정영상 유작 전문(1993. 3)

해직 교사의 눈으로 바라본 세상, 해직 교사의 머리와

---

143) 민현기(1995), 〈교수열전 · 5〉, 『사람의 문학』 가을호, pp.147 - 171.

가슴 속에서 일어나는 작용을 연속 사진으로 바라볼 기회를 제공하는 시다. 예상컨대 그는 교직을 천직으로 알고 교사로서 교실에 서는 것에 삶의 중요한 의미를 부여하고 있었을 것이다. 그의 이 시를 보면 그가 학교에 대해서 얼마나 큰 애증(愛憎)을 갖고 있었는지 구절구절 드러나고 있다. 비교적 단순한 구조의 이 시에서 우리는 그 절규를 들을 수 있다. 전교조 교사에 대한 강제 해직과 그것이 몰고 온 교육계의 소용돌이, 복직의 과정을 거치면서 봉합의 계기는 마련되었지만, 해소되지 않은 모순들은 여전히 상존하고 있다. 아래 작품에서 보자.

마음은 어미 가슴에 두고
몸만 가면 무엇하리요
우리 엄마 어진 눈가에
피눈물 닦아내고
우리 엄마 가슴 속에
내 무덤도 파내다 주오(……)
백성을 수탈하던 일부 군화들을 품에 끌어안고(……)
이름하여 듣기 좋은 문민시대를 열었다(……)
서울 공화국만 대한민국 국민이고
대구시민은 국민이 아니더냐(……)
6일간 시민 헌혈 3백만CC
우리가 흘린 피 우리가 채워 넣어야 함을
우리는 안다 우리는 안다
친구 떠난 등교길엔 가랑비만 내리고
텅빈 책상 위엔 꽃다발만 을씨년스럽구나
고운 모습 잊지 않으마 잘가라

위 윤일현의 시[144]는 상인동 폭발사건을 형상화한 장시이다. 군사 정권의 잔재, 지방 홀대, 개선되지 않은 교육 환경 등에 대한 고발이다. "이 땅에 살고 있는 사람이면 누구나 그들에게 부채를 지고 있는 것이다. 대신할 수 없는 그들의 아픔을 잊지 않는 것이 이 시대, 이 도시인의 최소한의 도리"[145]라는 지적에서처럼 도시 전체의 아픔이다. 그 사고도 그러하고 그 사고의 기억도 그러하고 그런 시대를 살고 있다는 것 자체에 대한 실존의 아픔을 깊이 새기게 된다. 봄을 맞은 90년대에 경험하는 80년대다운 겨울풍경이다.

7.4. 노동: 모순의 노동 현장과 온기

7.4.1. 모순의 노동 현장

문학이 현실의 일상을 바탕으로 하며, 인간에 대한 애정

---

144) 윤일현(1995), 〈신오적의 불꽃놀이〉, 『사람의 문학』 가을호, pp.123 - 146.

145) 구석본(1996), 「대신할 수 없는 아픔」, 『대구 도시가스 폭발사고 희생 학생 추모문집 - 아! 그날 우리는』, 영남중학교 추모문집 편집위원회, p.501.

에서 출발하고 있다면, 그리고 궁극적으로는 보다 인간다운 삶을 추구하는 것이라고 한다면, 노동 현장이 문학의 큰 무대가 됨은 자명하다. 일상의 문학은 노동요 등의 시가를 통해서도 우리는 그 전통을 확인할 수 있다. 80년대 큰 특징의 하나는 노동자 문인의 등장이다. 기성 문단에 흔치 않았던 현장 근로자들의 작품이 문예지의 지면을 확보하면서 시의 형식과 내용 면에서 새로운 변화를 가져왔다.

그리고 생활의 농도 짙은 진실과 애환을 그린 작품들이 있다. 아래와 같은 작품은 노동 현장에서의 절망과 아픔을 표현하고 있다. 물론 이들이 절망에 머물러 있지는 않는다. 삶을 지탱하는 에너지는 그것을 극복할 수 있는 끈끈함이 있지만, 이들은 몸으로 직접 경험하는 '시대의 불평등'을 노래하고 있다. 그 속에서 발견할 수 있는 시대의 초상은 '뿌옇게 낯선 계절'이다.

4月.
귀 시린 기억 함께 고드름 끝에 빗선 밤.
팔파146)에 빠져 죽은
사람 하나.
폐지 야적장의 백열등도 숨을 놓고
뿌옇게 낯선 계절.
새벽 뚫린 문풍지로 날을 세워 토해내는
구리빛 젊은 살점
<u>뼈마디 함께 앓는 이 시대의 불평등.</u>

- 강석정 〈현장 7〉 부분(밑줄 인용자)

이들이 노래하고, 이들에게서 읽을 수 있는 모습은 아무래도 평등과 보람의 노동과는 거리가 멀다. 그것이 다듬어져 있지 않고, 어쩌면 다듬을 여유도 없이 거칠게 드러나고 있지만, 세련되지 못한 그 속에서 숨소리와 땀 냄새를 발견한다. 그것은 삶에 대한 애착이라고 할 수 있겠다. '미운정'에 가까울 수도 있지만, 현실을 끌어안고자 하는 애정이 깔려 있다. 그러나 아래에서 보듯 이들에게 시대와의 '불화'는 피할 수 없는 운명이다. 이는 당대 민중의 삶의 반영이라고도 볼 수 있다.

뿌리뽑힌 나의 정서를 위해
세계문학전집을 권하거나
한번도 듣지 않을 음반이나
필요없는 영어회화를 도우려는 친구여

---

146) 제지 공정 중 펄프와 폐지와 화공약품을 섞어 원액을 만드는 1차 공정.

― 김재진 〈세일즈맨에게〉 부분(밑줄 인용자)

위에서 "아무래도 함께 사는 세상이 아니었다."는 지적에서 읽을 수 있는 것은 삶의 토대에 대한 불신과 좌절이다. 사람 인(人) 자의 의미를 해석할 때처럼 사람은 혼자 존재할 수 없다. 뿐만 아니라 그것은 주변과의 연결 고리가 없거나 고립된 자아이기 때문이 아니다. 책을 읽고 음악을 듣고 영어회화 공부를 하는 등의 일상의 활동이 인간 존재의 만족과 행복에 직접적인 기여를 하지 못하는 일종의 불구 상태에 있다는 비판이다. 이것은 삶의 토대가 그러하다는 것이고, 사회의 구조적 모순 앞에 무력할 수밖에 없는 소시민의 한계를 표현하고 있는 것이다.

7.4.2. 황폐한 삶에 남은 온기

삶의 현실에서 겪는 어려움이 커질수록, 그 고난의 고리가 쉽게 풀릴 것 같지 않을수록 우리에게는 정신적인 위로가 필요하다. 문학이 그 메마른 자리를 촉촉이 적셔줄 수 있다면, 그것은 그것의 소명을 다하는 것이라고 할 수 있다. 문인들이 작품을 쓰고 어렵게 문예지를 묶어 내는 것도 모두 여기와 그 톱니가 맞물려 있다고 하겠다. 어두운 밤거리에 작은 등불이 행인의 길을 인도하듯이 황폐하고 의지할 곳 없는 우리 삶의 현장에서 소외받고 지친 영혼들에게 문학은 마지막 남은 온기가 될 수 있다.

<blockquote>

주중식한테서 소포 하나가 왔다.
끌러보니 조그만 종이상자에 과자가 들었다.
가게에서 파는 과자가 아니고 집에서 만든 것 같다.
소포에다 폭탄도 넣어 보냈다는데……
잠깐동안 주중식과 나 사이에 무슨 문제가 있는지 생각했다.
십 년이 넘도록 알고 지냈지만 원한살 일은 없는 것 같다.
과자 부스러기를 하나 혀끝에 대어보니 아무렇지 않다.
좀더 큰 것을 집어 먹어봐도 괜찮다.
한 개를 다 먹고 다섯 시간 지나도 안 죽는다.
<u>겨우 마음이 놓인다.</u>
주중식과 나 사이에는 아무런 문제없이
돈독함이 확인되었다.

</blockquote>

― 권정생 〈인간성에 대한 반성문 1〉 전문(밑줄 인용자)

동화작가로 잘 알려진 권정생의 시에서 우리는 90년대 우리의 삶―현재에도 크게 달라지지 않았지만―의 단면을 발견할 수 있다. 시 끝부분의 "겨우 안심이 놓인다"는 구절은 독자에게 뼈아픈 반성을 요구하면서 동시에 씁쓸한 현실을 다시 자각하도록 요구하는 힘을 가지고 있다. 현실은 인간에 대한 믿음의 뿌리를 흔들어놓고 있다. 상처받고 파괴되는 것은 노동현장이나 자연뿐만 아니다. 인간성도 함께 잃어가고 있는 것이다. 위의 작품은 우리에게 씁쓸한 반성을 요구하면서 한편으로는 인간의 믿음에 대한 희망의 끈을 이어주고 있다.

- 육봉수 〈근로기준법〉 부분

육봉수의 작품은 『사람의 문학』(1997년 여름호)에 특집으로 실린 "대구 노동시 현황"에서 옮겨온 것이다. '단결투쟁'으로 대변되던 80년대에서 시간은 흘렀지만, 운동의 유형도 많이 바뀌었지만, 노동 현장에서 몸으로 느낄 수 있는 변화를 우리는 이 작품에서 읽을 수 없다. "불과 몇 십원으로/잔업 많이 하고 물량 많이 빼어/이윤을 듬뿍듬뿍 실어 나르는/전후륜 구동형 트럭으로/노동자를 개조하려는/자본가, 노동 착취의 바퀴에/억세게 브레이크를 걸자."(이만호 <임금 인상 후> 부분)에서 보듯, 노동하는 삶의 현장에서는 여전히 변화를 갈구하고 있다. 그중에서도 "노동자의 권

익이 보호받는 나라/우리의 아이들이 꿈과 희망과 이상을/
펼칠 수 있는 나라/적어도 적어도 나는/이런 나라에서 살고
싶다.”(황병목 <동생에게> 부분)와 같은 꿈은 온기로 남아
있다.

친/구/복/사
문을 열고 들어서면
이른 아침부터 새벽까지 그치지 않는
경아의 노동

독재 축소
민주 확대
남북 제본

— 이원만 〈친구복사집 경아의 노동〉 부분(밑줄 인용자)

90년대 들어서 급변한 우리 삶의 토대는 새로운 패러다
임을 필요로 하는 시대적 요구라고 할 수 있다. 90년대는
분명 ‘새로운 패러다임’이 도래하는 시기이지만, 실상 80년
대의 과제는 지속되고 있다. 정치 문제와 맞물린 노동과 생
활이라는 인간 삶의 토대는 여전히 해결되지 않는 모순을
끌어안고 하루하루를 살아야 한다. 위의 이원만의 시는 ‘여
전히’ 유효한 80년대의 특징을 그대로 보여주고 있다. 세월
이 흘렀지만, 정치 제도가 변하고 슬로건이 변화에 변화를
거듭나고 있지만, 이 시는 90년대에도 전혀 낯설지 않은
너무나 80년대다운 풍경을 보여주고 있다.

7.5. 끝나지 않은 80년대의 풍경

80년대의 거대담론 속에서 분출되었던 요구들은 공적인 분노에 가까웠다. 구성원들이 공분을 느낄 수 있는 문제에 대해 집단적인 해결의 방법을 모색하던 시기라면, 90년대는 보다 세밀화되고 개별화되는 것이 특징이다. 개괄적으로 살핀 한계를 충분히 감안하더라도, 대구지역 문예지에 실린 시에서 발견할 수 있는 90년대의 풍경은 지방화, 개별화 등의 패러다임의 변화, 즉 '새롭게 등장한 패러다임' 속에서 여전히 남아 있는, '끝나지 않은 80년대의 풍경'이라고 할 수 있겠다.

지역문학이라는 측면에서 볼 때, 그간의 한국문학사 기술은 중앙과 지방이라는 구조에서 지역의 문인과 문학에 대한 가치가 제대로 평가되지 못하는 측면이 있었다. 80년대의 무크 운동은 '중앙' 그리고 문단의 기성 권력에 대한 부정과 그것에 대한 도전이라는 측면에서 지역문학적 의의를 발견할 수 있다. 또한 90년대 들어 대구지역 문단사의 큰 획을 그었던, 『시와 반시』와 『사람의 문학』의 창간은 지역이 곧 '중심'이라는 당찬 선언이면서 그것의 실천이었다는 점에서 큰 의의를 지닌다.

80, 90년대의 대구지역 시에 대한 논의 과정에서 지역문학으로서의 대구지역 문학이 지니는 몇 가지 의문점은 향

후 이 지역 문단에 주어진 과제로 제시할 수 있겠다. ‘지역을 대상으로 하는 글을 얼마나 쓰고 있나’ 하는 것과 함께 ‘다른 지역문학과 비교해서 대구지역만의 특징은 어떤 것을 지적할 수 있을까’, 그리고 ‘80년대에 비해서 정치적 배경은 문학에 우호적으로 변했는데 문학적 진정성이라는 측면에서는 오히려 퇴보한 것이 아니냐’는 지적에 답할 수 있어야 한다. ‘삶’ 속에 뿌리를 견고히 내리는 일, ‘우리’의 문제에 천착하는 일, ‘오늘’의 과제 해결에 몰두하는 것이 그에 대한 하나의 유용한 대답이 될 수 있다.

포항문단의 특징과
'지역문학'적 가치

8.1. 포항 문단과 포스코

인간에게 희망과 기쁨을 주는 존재가 있다면, 그것의 하나를 우리는 문학이라고 할 수 있다. 그런 점에서 문학의 사명은 그것이 보여주는 아름다움에 그치지 않는다. 인간에게 새로운 희망의 씨앗을 제공하는 것, 기쁨의 샘으로 인도하는 것, 그럼으로써 저마다 향기로운 삶을 누릴 수 있게 하는 것이 되어야 한다. 변방에 피어서 저마다의 색깔과 향기를 가진 꽃, 끈끈한 생명력을 자랑하는 꽃, 제 토양에 뿌리 내린 가장 꽃다운 꽃이 들꽃이라 할 수 있다. 그런 점에서 들꽃은 대량 생산되어 온실 안이나 화분에서 화려함을 자랑하는 꽃들과는 구별되는 것이다. 우리가 문학을 이야기하는 마당에서 '지역문학'을 논의의 중심에 둔다면, 그것은 들꽃의 가치를 밝히고 들꽃의 향기와 아름다움을 탐구하는 작업이라 할 수 있겠다.

포항지역에 핀 들꽃과 같이 가장 포항적인 색깔과 향기를 가진 문학에 대해서 살펴보고자 할 때 우리는 '포스코'의 토양을 만날 수 있다. 사회, 경제적으로 근대 포항의 역사는 포스코의 역사와 함께한다. 포항지역의 문학사도 포스코와 큰 줄기를 함께하는 것으로 보인다. 문단의 형성이 인근 지역에 비해서 비교적 늦었고, 도시의 규모가 확장이 되면서 유입된 인구들을 중심으로 포항이 성장했다면, 문학에 종사하는 인구도 이와 같은 특징을 보여주고 있다. 현재 포항 토박이가 20% 정도인데, 포항에서 문인의 분포도 포항 출신이 2할 정도인 것으로 파악되고 있다. 포항에서 개최되는 문학 관련 여러 행사나 문예지의 간행, 그리고 문학 동아리의 활동에도 포스코의 지역협력팀과 여러 경로로 연결되어 있다.

8.2. 포항문단의 성립과정

포항의 문학사를 고찰한 것으로는 『포항문학』에 실린 「포항고전문학사 시론」[147]과 『사람의 문학』에서 특집으로 기획하여 김천, 안동, 영주, 예천 지역의 문학과 함께 다룬

---

147) 김윤규(2001), 「포항고전문학사 시론」, 『포항문학』 21호, pp.61-93.

「경북지역의 문학현황」[148) 등이 있다. 이 외에도 참고할 자료로는 『일월향지』,[149) 『영일군지』,[150) 『포항시사』[151) 등 과 몇몇 논문들[152)이 있다. 이들 중에서 근대 이후의 문학, 특히 80년대 이후의 문학 활동에 초점을 맞춘 것은 이종암 의 글이다. 그는 지방자치시대의 지역문학의 현황과 전망에 대해서 적고 있다. 지역의 열악한 여건 속에서도 제 나름의 역할을 위해 노력하고 있는 포항지역 문단의 상황과 과제 에 대해서 애정 어린 시각으로 구체적인 사실 설명을 중심 으로 기술하고 있다.

8.2.1. 문단의 태동과 성장 : 한흑구·손춘익

해방 직후 한국문단에서 포항은 논의의 중심에서 비켜 있었다. 그것의 원인으로는 오랜 세월을 줄곧 변방에 지나 지 않던 지역세나 고등교육기관의 부재 등 여러 가지가 있 었겠으나, 무엇보다 당시까지의 국문학사를 통틀어 문학적

---

148) 이종암(1996), 「포항 지역문학의 현황과 전망」, 『사람의 문학』 여름호, pp.62
    -69.
149) 박일천(1967), 『日月鄕誌』, 일월향지편찬위원회.
150) 영일군사편찬위원회(1990), 『영일군사』, 영일군.
151) 포항시사편찬위원회(1987), 『포항시사』, 포항시.
152) 김종인, 「포항 영일지역의 가사문학」, 『포항문학』 8호, 1999.
    박창원(1997), 「포항지역 노동요의 전승양상」, 『포항사회의 진단과 전망2』,
    포항지역사회연구소.
    박창원(2000), 『포항지역 구전민요』, 포항문화원.

인재가 없었다는 점이 주된 요인이었다. 이후, 1948년 한흑구 선생이 포항으로 이주한 사실은 포항지역의 문단에서 하나의 역사적 사건이라 할 수 있다. 1909년 평양에서 태어난 한세광은 1929년 3월, 일제의 이른바 「105인 사건」에 연루되어 미국에 망명 중이던 부친 곁으로 가던 뱃길에서 필명을 '흑구'라고 정하였다. 1948년 포항에 정착한 이래 문학의 불모지나 다름없었던 포항에 문학의 씨를 뿌리고, 문단을 꾸린 그는 오늘날 포항 문단의 대부로 추앙받고 있다. 그에 대한 지역문인들의 평가는 「한흑구 선생 문학비 건립」을 위한 취지문을 통해서 알 수 있다. 『포항문학』의 창간호의 앞표지 뒷면에 광고된 그 취지문은 다음과 같다.

흑구 한세광 선생은 한국문단의 원로로서 현금에도 오히려 인구에 회자되는 명수필집 『동해산문』, 『인생산문』, 『보리』 등을 남기셨으며 국정 중등국어 교과서에 「나무」, 「보리」, 「닭울음」 등이 실린 수필문학의 대가입니다.

흔히 선생을 가리켜 동해의 은둔자, 동해의 사색가라 일컬어 왔습니다만 실제로 선생의 일생은 고독과 겸허로 일관하시어 가히 안빈낙도의 한 모범을 보여주셨습니다.

또한 선생은 남달리 이 고장을 사랑하셨으니 저 늘 푸른 영일만과 백사청송의 송도는 항상 선생이 즐겨 거니시던 곳이었습니다. 더구나 선생의 대표작이며 이미 수필문학의 고전으로 남아 있는 많은 주옥편들이 모두 이 고장 포항에서 쓰인 것임을 생각할 때 어찌 범상한 인연이라 하겠습니까.

이제, 잠시 지난날을 돌이켜보매 荒凉한 이 동해 변경에 일말의 그윽한 문향이 끼쳐졌음은 오로지 선생의 깊은 그늘로 말미암았음을 새로이 깨닫지 않을 수 없습니다. 이에 선생이 가신 지 어언 2주기

　　를 맞이하는 이때 이 고장 관련단체 및 유지후학들이 뜻을 모아 조그만 돌을 세워 삼가 선생의 큰 뜻을 기리고자 하오니 강호제현의 많은 후원을 바랄 따름입니다.

　　6 · 25 직후 포항에 문향을 피우기 위한 토박이 문학인 내지 문학 주변인의 움직임으로는 박영달, 이명석 등이 중심이 되었던 포항문학인끼리의 「포항문인협회」(1951년)가 있었다. 전쟁이 지나간 뒤 복교한 고등학생 문학도들은 1952년 「전시문학동인회」를 결성하였으며, 그것이 모태가 되어 보다 발전된 형태인 「효안」 시동인이 1961년에 출범하게 되었다. 그 구성원은 신상률, 석병호, 정화식, 최일곡, 문장필, 김병수, 이무율 등이었다. 그들은 졸업 후에 『鍾』이라는 동인지를 발간하기도 하였다. 「효안」 동인은 우체국 옆에 있던 「청포도」 다방을 중심으로 모임을 가졌는데, 이들은 1962년까지 그 명맥을 유지했다. 「효안」 동인보다 조금 늦은 1955년에 결성한 「청패」 동인이 있었다. 그리고 1966년 1월 5일에 손춘익의 신춘문예 당선을 계기로 손춘익, 박이득, 정민호, 최가수 등이 「청포도」 문학동인을 결성하였다.

　　포항출신으로서 한흑구의 다음 세대를 이어받은 문인은 손춘익과 박경용이다. 박경용은 1958년 동아일보와 한국일보 신춘문예를 통해 시조를 발표하면서 문학활동을 전개한 이래 1969년 제2회 세종아동문학상, 1984년 대한민국문학상 우수상을 수상하기도 했다. 문학활동을 시작한 이후의 그의 생활의 근거지는 서울이었기 때문에 향토문단에서의 활동은 크게 드러나지 못하였다. 박경용의 주요 작품집으로는 『어른에겐 어려운 시』, 『그날아침』, 『별 총총 초가집 총총』, 『침유집』, 『굴 한 개』, 『寂』 등이 있다.

손춘익은 1966년 조선일보와 대구매일신문 신춘문예에 동화가 당선되어 작품활동을 시작했다. 1972년 세종아동문학상, 1981년 소천아동문학상, 1982년 경북 문화상 등을 수상했으며, 『창작과 비평』지 등에 여러 편의 소설을 발표하여 소설가로도 활동을 활발히 하였다. 작품 창작에 대단한 열정을 보였으며 매사에 근면하였던 그는 줄곧 포항을 지키면서 향토문학 발전의 구심점 역할을 함으로써 늘 포항 문단의 중심에 있었다. 그의 활동은 특히 1981년 『포항문학』 창간 이후의 근년의 활동에서 더욱 돋보였다. 주요 저서에는 『산비둘기네 둥지』, 『작은 어릿광대의 꿈』, 『비탈을 구르는 작은 돌』, 『마루밑의 검둥이』, 현암사의 전래동화 시리즈 등 여러 권이 있다.[153] 손춘익은 현재 포항문단에서 한흑구의 대를 잇는 문단의 중추로 평가받고 있다.

이와 같이 본격적인 문학인이 탄생하면서 한흑구를 정점으로 하는 이 지역의 문학 운동도 새로운 국면에 접어들게 되는데, 그것은 「흐름회」의 결성이 계기가 된다. 「흐름회」는 한흑구, 손춘익, 김녹촌 등의 문인과 지역 문화계 인사

---

153) 『포항문학』 20호(2000년) 창간 20주년 기념호에 손춘익 추모 특집이 실렸다.

김대청, 박영달, 최성소 등이 중심이 되어 1967년에 결성되었다. 그 이후 약 7년 동안 문학강연회, 학생백일장, 출판기념회 등 각종 본격적인 문학행사를 주도해 나가면서 향토문학의 밭을 일구고 씨를 뿌렸다. 「흐름회」의 문학강연회나 백일장에는 이원수, 김동리, 서정주, 고은 등 당대 문단의 주류들이 참석하여 향토 문단에 새로운 자양분을 보급하였다.

포항지역의 문화사업에서 여러 가지 주요한 역할을 담당한 사람으로 춘강을 들 수 있다. 그는 1927년 경남 사천에서 태어나, 1952년 경북대학교 의과대학을 졸업하고 공군 대전기지 병원장, 상주 적십자병원장 등을 역임한 뒤 포항시 동광병원의 내과 과장으로 포항에 둥지를 틀었다. 당시 「수향」, 「갈숲」, 「한국수필」, 「경북수필」, 「안행」 등의 수필문학동인으로 활동하고 있었으며, 1975년 그의 첫 수필집 『괄호 밖의 인생』(범우사)을 내었다. 그는 1976년 포항에 정착한 후 한흑구, 손춘익과 함께 지역문학을 이끌었다.[154]

이들이 활동의 폭을 넓히던 시기는 포항종합제철의 준공 이후 확장일로에 있던 때였다. 이들은 우선 한국문인협회 포항지부의 발족을 서둘렀다. 문학의 활성화를 위해서는 문학인이 모여들 수 있도록 하는 구심점이 필요함을 절감하

---

154) 하재영(2002), 「청보릿빛 육필시대의 포항문학 이야기」, 『포항문학』 22호, pp.289-317 참조.

여, 한흑구, 빈남수, 손춘익 이외에도 신상률, 박무근, 장승재 등이 동참하였다. 이들의 노력으로 1979년 8월 31일 사단법인 한국문인협회 포항지부가 정식으로 결성되었다. 한흑구, 김대청을 고문으로 하고 빈남수가 초대 지부장을, 신상률 등이 부지부장을, 박이득이 사무국장을 각각 맡았고, 손춘익, 장승재, 이상익, 신동화, 제갈대일, 우재욱, 김명선, 유인식 등이 주요 회원이었다.

8.2.2. 문단의 정립: 『포항문학』 창간

1979년 11월 7일 한흑구 선생이 타계한 2년 뒤인 1981년 9월 25일 『포항문학』이 창간되었다. 포항 문단사에서 가장 중요한 사건 중의 하나가 『포항문학』의 창간이라고 할 수 있다. 그것은 포항시 승격 32년 만의 일이었다. 창간호는 「한흑구의 문학과 인간」이라는 제하의 한흑구의 추모 특집을 엮었다. 지면의 상당부분을 한흑구의 특집으로 엮은 것을 통해서도 한흑구가 포항문단에서 차지하는 비중과 의미를 읽을 수 있다. 『포항문학』의 창간정신은 「향토문화의 모체로」라는 제목의 창간사에 잘 나타나 있다.

이 지역에서는 최초의 범문단적 단체라고 할 수 있는 「한국문인 협회 포항지부」가 결성된 지 두 돌을 맞이하려는 즈음에 마침내 『포항문학』의 창간을 보게 되었다.

아마 이것이, 포항을 비롯한 동해남단권 내에서 발간되는 文學關
係專門誌로서는 嚆矢가 될 것으로 믿어지는데, 가능하다면 계간 내
지 연간으로 꾸준히 대를 이어 발전되어 가기를 바랄 따름이다.
　　문학이야말로 당대의 가장 尖銳한 정신적 산물이라고 한다면,『포
항문학』의 방향 또한 자명해질 것이지만, 그러나 여기서 다시금 確
認코자 하는 것은 향토문화의 모체로서는 물론 한 구심점으로서의
사명의식이다. 또한 우리는 자칫하면 감염되기 쉬운 일절의 비순수,
비문학적 상황을 극복해 갈 것이며 오직 창조적 矜持를 위해 헌신
하려 한다(중략).
　　비록 다른 지방에 비해서는 매우 느린 걸음이긴 하나, 그러나 이
만한 문학전문지가 창간되었다는 사실만으로도 저 황량한 동해의 갯
바람에 어찌 일말의 문향이 끼쳐지지 않을 것인가.

창간사에서 '향토문화의 모체로서는 물론 한 구심점으로
서의 사명의식'을 강조하고 있다. 포항에서 본격적인 문단
의 성립은 『포항문학』의 창간으로 삼을 수 있겠다. 이에
대한 지역 문인들의 평가와 염원은 '보리, 너는 항상 순박
하고 억세고 참을성 많은 농부들과 함께 이 땅에서 영원히
사라지지 않을 것이다.'라는, 한흑구 문학비의 구절을 옮기
는 것으로 대신할 수 있다. 오늘날까지 『포항문학』은 포항
문단의 중심에서 문단을 이끌고 있으며, 구성원들은 스스로
포항문단의 대변자라는 믿음을 가지고 있다.

『포항문학』의 창간 이후 포항 지역의 문단이 확장되었
다. 주요 구성원들은 포항 출신이면서 유학을 마치고 귀향
한 사람이거나 포항에 붙박여 살면서 문학에 관심이 많던
사람 혹은 객지에서 직장을 따라 포항에 정착한 사람이었

다. 어느 쪽이든 포항문단에서 작품 활동을 시작한 사람들에게는 공통점이 있었다. 그것은 한마디로 문학에 대한 남다른 열정을 가졌다는 점을 특징으로 지적할 수 있겠다. 또한 이들에게는 '사람살이'로서의 참다운 문학에 헌신하려는 신념이 있었다.

1980년 대학 재학 시 국제 P. E. N클럽 한국본부 주관 제1회 허균문학상 장편소설 공모에서 장편『미완성의 돌』이 당선되어 작품 활동을 시작한 포항출신의 소설가 이대환이 귀향하여 1982년의『포항문학』제2호부터 참여했다. 또한 창주아동문학상과 대구매일신춘문예 동화부문에 당선한 동화작가 김일광과 정학필 등이 참여하였다. 특히 시 부문의 인구가 대폭 늘어났다. 김만수, 김정구, 송애경, 정원도 등과 이미 기성시인이던 김종인과 채상근, 김진술, 김수일, 윤석홍, 임병태, 김석춘, 권순자, 조순태, 천기수 등이 참여하였다. 뿐만 아니라 수필 부문에서도 이삼우, 서상은, 박성준, 이진형, 성홍근, 조유현, 손일석, 배용재, 황기석, 장현, 김명옥 등이 활동하였다.

문인들의 문학에 대한 관심과 열정으로 포항 문단은 그 영역을 넓히면서 내실을 기하는 계기가 되었다. 그것의 결과는『포항문학』은 해를 거듭할수록 내용 면에서나 편집 체제에 있어서나 새로운 면모를 보여주는 것으로 드러나게 된다. 제6호부터 편집인과 발행인을 따로 두는 체제로 바꾸었다. 제6호의 편집인 손춘익이 쓴 권두언의 제목 「다시 창간호를 내며」와, '『포항문학』은 이 6호로서 다시 창간호를 삼고자 한다. 무릇 개인이든 집단이든 거듭 나리라는 성찰과 실천이 따르지 않고서는 아무런 발전이나 변신도 꾀할 수 없음을 믿음으로써이다.'라는 구절이 향토문학의 새 지평을 열고자 하는 몸짓을 잘 나타내 주고 있다. 『포항문학』은 2009년의 30집에 이르기까지 매년 꾸준히 간행되고 있으며, 중앙문단과 경쟁한다는 자부심으로 포항지역 문단의 중심 역할을 해 오고 있다.

8.2.3. 저변 확대와 문단 활성화: 동인지

포항지역에도 예비 작가들이 각기 그들 나름대로의 자기 활동을 하고 있다. 전문대 문학 동아리 졸업생의 시동인 「갈뫼」를 비롯하여, 도이여상 문학동아리 졸업생들로 구성된 시동인 「새박」, 그리고 공무원들의 시 동우회 「공우」, 포항 제철의 「포스코문학」, 철강공단 지역의 문학단체 「문학레이다」 등이 그들이다. 이들의 활동은 포항 문단의 마이너 역할을 하면서 동시에 신선한 활력을 보급하는 역할을 하고 있다. 이들이 포항 지역문학의 미래상이 될 수 있다는 점에서 이들의 활동이 주목받을 수 있는 것이다. 그리고 포항을 본거지로 활동했거나 현재까지 활동이 이어지고 있는 문학동인들로는 다음과 같은 단체들이 대표적이다. 이들은 구성원이나 활동의 여건이 다양한 만큼 다양한 형태로 문단에서 나름의 역할을 하고 있다.

「이웃과 시」 동인의 결성 시기는 1983년 3월이다. 『포항문학』에 시를 발표하면서 서로의 문학적 신념을 확인하고 시낭송의 밤, 독자와의 대화, 시화전 등 문학활동을 전개해 나가는 동안 보다 단단한 연대의 필요성을 절감하게 되었다. 이런 공감대를 형성하면서 동인을 결성한 이후 80년대 향토의 시문학의 전개를 주도해 나갔다. 1987년 첫 동인시집 『이웃과 시』(시인사)를 펴내면서 그 활동에 불을 지폈다. 그 시집은 서울의 출판사가 전국 서점에 직판하는 포항 최초의 동인시집이었다.

이 동인은 첫 시집의 '책머리에'에서 동인의 이름을 '이웃과 시'로 정한 까닭에 대해 '민중의 사회과학적 냄새를 많이 가신 것이 좋아서'라고 밝히고 있다. 아울러 '시란 삶의 아우성 그 한복판에서 태어난다고 믿으며', '삶에서 우러나온 때와 땀과 피와 얼룩이 뒤범벅이 된 것으로서의 싱싱한 민중적 서정성'으로 기존 시들의 관념성을 극복하고 이름 없는 사람들의 삶을 '감동의 구조 안에 부활시키려고 하는데' 시적 삶을 두겠다고 천명하였다. 동인은 모두 7명으로, 『실천문학』지로 등단한 김만수, 『시인』지로 등단한 이상익, 김정구, 송애경, 『동서문학』지로 등단한 공광규, 『포항문학』에 시를 발표한 김진술, 장편소설 『미완성의 돌』과 『말뚝이의 그림자』를 간행한 소설가이기도 한 이대환 등이다.

그리고 「형산수필문학회」가 있다. 이 동인의 결성 시기는 1984년 7월 7일이다. 『포항문학』에 수필을 발표하면서 만난 회원들이 중심이 되어 동인을 결성했으며, 향토의 수필문학 발전에 기여해 왔다. 발기선언문에 이 동인의 문학 정신의 단면이 드러나 있다.

1985년 11월 동인지 『형산수필』의 창간호를 발간했으며, 1986년 12월 동인지 제2호를 내놓았다. 회원은 빈남수, 서상은, 장현, 성홍근, 이삼우, 박성준, 김규련, 이기태, 박귀훈, 박주병 등이다.

그리고 1979년 6월에 결성된 「비화시조문학회」가 있다. 원래 월성군 안강읍에 본거지를 두고 출발했으나 1984년부터 활동의 주무대를 포항으로 옮겼다. '민족시인 시조 인구의 저변확대와 계승발전'이라는 발기 취지를 통해서도 이 문학회의 성격이 그대로 드러나고 있다. 회원은 시조시인 조주환을 비롯해 리봉학 등 10여 명으로 구성되어 있으며, 회원들의 주거지 또한 전국적인 분포를 보이고 있다. 동인 시조집 『비화』를 비매품으로 발간하고 있다.

차영호, 김만수, 하재영, 이종암, 김성찬, 조현명, 권선희, 손창기, 김종현, 최빈 등이 활동하고 있는 「푸른시」는 포항이라는 같은 지역에서 활동하는 시인들의 동인 이름이다. 제각기 삶이 다르고 생각과 추구하는 시 세계가 다름에도, 같은 지역에 있어 쉽게 만날 수 있고, 만나서는 얼굴을 맞대고 서로의 시 세계를 깊이 있게 나눌 수 있기 때문에 동인이 된 것이라고 소개되고 있다.[155) 1999년에 창간호를 내었고, 홈페이지를 통해 대중에게 다가서고 있는 단체이기도 하다.

포항의 동인으로 빼놓을 수 없는 것이 「포스코문학회」이다. 1981년 11월 형산문학회로 출발(~84년)하여, 1990년 포스코문학회를 창립(회장 홍재홍외 12명)하였다. 1994년 12월 『포스코문학』 창간호 발간하고, 1996년 2월과 1997년 2월에 『포스코문학』 2, 3호를 발간하였다. 1990년부터 근로문화제에 참가하여 입상하였고, 현재 회원 정회원(182명), 준회원(42명, 사외)이 있다. 주요 활동 내용으로는 향토작가와 문학

---

155) http://purunsi.netian.com 참조.

기행, 문학강좌와 초청강연회, 작품 발표 및 시 낭송회, 대외 문학행사 – 글어울마당, 시인의 마을 운영 등이 있다.

　　우리는 작품을 통하여 우리 자신을 변화의 강물에서 벗어나 오래 남도록 하고 있는 것입니다. 가버리는 시간과 공간을 그대로 남겨두는 원리가 여기에 있습니다. 이러한 까닭으로 포스코문학회의 활동이 더욱 소중하고 가치 있는 것입니다(중략). 사라져 버릴 삶의 순간들을 반짝이는 결정체로 남겨 나가는 작업인 가치 있고 소중한 우리의 작품활동이 더욱 왕성히 계속될 것을 기대합니다(밑줄 인용자).

　　위의 인용문은 『포스코문학』 창간호에 실린 머리글, 「소중한 시간과 공간의 남김」의 일부이다. '작품을 통하여 우리 자신을 변화의 강물에서 벗어나 오래 남도록' 한다는 것은 문학작품에 단순한 기록 이상의 의미를 부여하는 것이다. 인생에서 변하지 않는 무엇을 발견하고 추구하며, 그것을 간직하는 방편으로서의 문학의 역할을 깨닫고 있는 것이며, 나아가 인생에 대한 진지한 성찰 또한 문학에 기대어서 이루고자 하는 의지가 표현된 것이라고 할 수 있다. 문학을 통해서 삶의 반짝이는 순간들을 발견하고 그것을 간직하고자 하는 태도는 동인들의 문학관과 문학하는 자세를 대변해 주는 것이라는 점에서 의의를 가신다.

8.3. 포항지역문학의 특징

포항지역의 문예지에 실린 작품들 중에는 현실 문제에 천착한 작품들이 보인다. 삶과 함께하는 문학, 삶의 기록으로서의 문학 등에 대한 지역 문인들의 생각이 그대로 반영된 것이라고 할 수 있겠다. 이와 더불어 노사관계[156]의 문제에 대한 작품이나 좌담 등을 통해 현실 문제를 공론하시키고 고민을 해결하려는 태도를 발견할 수 있다. 그리고 산업의 발전 혹은 개발 과정에서 파생되는 환경오염의 문제도 비켜갈 수 없는 것이다. 특히 포스코를 중심으로 형성된 공단에서의 환경 문제는 인간의 생존과 직결된다는 점에서 그 중요성을 간과할 수 없는 것이다. 시대적 상황에 대한 고민과 갈등, 그리고 지역문학 현황에 대한 진지한 논의[157]도 발견할 수 있다.

구체적인 작품에서 이들을 살펴보면, <로타리의 바람개비들>[158]에서는 삶의 토대인 현실에 대한 인식과 함께 시대가 던지는 질문에 대한 성찰이 표현되고 있다. 중심 인물인 현준, 영민, 은미는 K대학의 같은 학과 친구들이다. 학생운동을 주도하던 현준이 군입대에 이어 전투경찰로 돌아

---

156) 『포항문학』 9집(1989)에는 「노동현장, 그 생생한 삶의 목소리」의 특집이 실렸다.
157) 『포항문학』 8집(1988)에는 「지역문학, 그 현황과 전환」이라는 특집이 실렸다.
158) 홍재홍(1994), <로타리의 바람개비들>, 『포스코문학』 창간호, pp.59 - 72.

와 학생들과 대치하는 상황을 통해 현실의 갈등과 아픔, 시대적 소명에 대해 그리고 있다. 화염병을 던지던 손으로, 방패를 들고서 어제의 자기 자리에 서 있는 친구를 향해서 최루탄을 쏘아야 하는 처지를 통해서 우리는 주인공이 겪는 모순과 갈등을 읽을 수 있으며, 그 모습에서 민주화 운동 시기 우리의 자아상을 발견할 수 있다. "이 땅에 태어나 함께 손잡고 배우던 그리고 뜨거운 피가 흐르던 젊은이들이 누구는 막고 누구는 미는 비극이 언제까지 이 땅에 되풀이되어야 합니까?"라는 절규에서, 동시대인이 공유하던 시대의 아픔을 읽을 수 있다.

그리고 환경 문제도 역시 포항지역민들의 관심에서 자유로울 수 없다. 산업화가 가져온 부산물이라고 할 수 있는 환경오염의 문제는 이제 인간 생존의 문제와 직결되는 것이다. 청소년의 시각을 통해서 이에 접근하는 작품을 발견할 수 있다. 1996 한글날 기념 글어울 마당 글짓기 대회 중등부 산문 수상작인 <슬픈 형산강과의 만남>[159](금윤선, 용흥중1)에서는 환경 문제에 대한 고민이 그려지고 있다.

> "어머! 저건 공장 굴뚝에서 뿜어 나오는 연기잖아!" "정말 너무 심해" 하지만 내가 본 것은 그 지독한 연기뿐만이 아니었다. 붉은 갈색이 한 무더기가 되서 풀풀 날리는 쇳가루를 본 것이다. 지금 공

---

159) 금윤선(용흥중1), <슬픈 형산강과의 만남>, 1996년 한글날기념 글어울 마당 글짓기 대회, 중등부 산문 수상작.

기 중에 날리고 있을 쇳가루를 생각하니 숨이 막힐 지경이었다. 조금 후 고개를 뒤로 젖히다가 아주 기막힌 하늘을 보았다. 높고 푸른 9월의 가을하늘도 이제는 아주 먼 옛이야기가 된 것만 같았다. 뿌옇게 흐려져 구름도 하늘도 회색이 되어 버린…… 하늘이 금세 눈물을 흘릴 것만 같았다. 부옇고 흐린 회색 눈물을…….

그리고 「반성적 추체로서의 자리확보」-(책을 발간하며, 3집)에서는, "갈피를 잃고 있는 지금 여기서부터 『포스코문학』은 출발하며 문학의 본질을 찾아내고, 과거에 대한 반성을 통해 미래에 대한 예지를 투시할 그릇으로 『포스코문학』이 존재하길 원한다."는 머리글과 함께 '쇠'와 관련된 전통 민요에 대한 채록과 그 작품을 소개하고 있다.

에야여루 불매야 어절시구 불매야
쿵덕 쿵덕 쿵덕
에야여루 불매야
이쪽굽이 불매야 저쪽굽이 불매야
어깨치며 불매야 달이식네 불매야
쿵덕쿵덕 불매야
에야여루 불매야
어절시구 불매야 쿵덕쿵덕 불매야
호호데이 호호 호호 호호 데이
호호 데이 호호 데이 호호 호호 불매야
……

－ 쇠부리터의 노래를 찾아서 〈불매가〉

포항지역에서 '쇠'와 관련된 문학적 전통을 발굴하고 그것을 소개한다는 점은 전통의 보존과 전수라는 측면에서 의미 있는 작업이라 할 수 있다. 무겁고 거친 이미지로 남아 있는 '쇠'가 인문학적인 향기와 함께할 수 있다면, 그것은 실생활에서 가장 유용하게 쓰이는 것 중에 하나인 쇠와 인간의 거리를 보다 가깝게 할 수 있다는 점에서 큰 의미를 찾을 수 있는 것이다.

- 〈독후감 7 - 고해〉[160] 부분

문학은 끊임없이 도전하고 응전하면서 새로운 시각을 형성하고, 세상을 새롭게 해석하며 새로운 의미를 부여하는 작업이라고 할 수 있다. 그런 점에서 문학은 세계를 향해 열린 창이라고 할 수 있다. 그래서 우리는 그 창을 통해서

---

160) 김종인(2002), 〈독후감 7 - 고해〉, 『포항문학』 22호, pp.177 - 178.

세상을 바라보고, 세상의 모습을 파악하며, 세상의 흐름을 읽을 수 있으며, 그에 대처할 수 있는 지혜를 얻을 수 있다. 이런 점에서 김종인의 작품은 그 창의 크기와 방향을 보다 넓은 세상을 향해서, 보다 많은 사람들을 향해서 개방하고 있으며, 보다 긴 시간 동안 유효한 창을 설계하고 있다고 하겠다. 이런 노력이 있기에 포항지역문학의 깊이가 깊어지고 호흡이 길어지는 것이다.

8.4. 지역문학의 가치와 의미

인간의 삶은 우연히 어느 순간 솟아난 돌발적인 것이 아니라 일상의 축적이라고 할 수 있다. 그것은 매일매일 새로운 경험과 이에서 수반되는 깨달음이 함께하고 있음은 물론이다. 이 깨달음이 삶을 지탱하는 힘이 되며, 이 에너지가 삶에 푸른 생기와 풍요로운 향기를 주는 것이다. 일상에서 겪게 되는 여러 사건을 통해서 생성되는 삶의 좌절과 희망, 즐거움과 괴로움, 기다림과 외로움과 설렘과 여기서 피어나는 고뇌의 흔적들은 일상이 피워내는 그림자들이다. 문학은 그림자와 같이 인간 존재의 곁에서 피어나게 되는 것이다.

　　삶의 그림으로서의 문학은 삶의 그림자로서의 문학이며 삶의 기록으로서의 문학이다. 여기서 그림자라고 하면 일상에서의 땀 냄새, 삶의 향기라고도 바꾸어 말할 수 있다. 그리고 기록이라고 하면 그것의 일상에서의 고민과 환희와 사고와 행동이 시공을 초월하여 어떤 자리를 마련함을 말하는 것이다. 삶의 그림자로서의 문학이 인간 존재의 옷이라면 삶의 기록으로서의 문학은 인간 존재의 집이라고 할 수 있다.[161]

　　문학이 삶의 현장에서 피어난다면 문학의 뿌리는 곧 삶의 현장이 된다. 이렇듯 지역문학은 삶의 터전이 문학의 중심이고 문인들이 발 디딘 토대가 문단의 중심이라는 소박한 논리에 뿌리를 두고 있다. 중심으로의 수렴, 획일화된 가치 등을 거부하는 문화운동의 일환이며 참된 문학을 찾는 여정이라고 할 수 있다. 그것은 탈근대적 이데올로기의 반영이면서 정치적으로는 지방자치제와 맞물려 있기도 하다. 우리 문단에서는 80년대 이후 무크와 동인지의 출현이 그 운동의 원동력으로 작용하였다.

　　지속되는 노력에도 불구하고, 아직도 지역문학과 서울문학을 양분하여 논의할 수밖에 없을 정도로 우리 문학이 행정 분할되고 있으며, 종속관계 속에 놓인[162] 문제는 여전히 해결해야 할 과제로 남아 있기도 하다. 지역문학이 한국문학사에서 제 자리를 잡기 위한 노력이 더 절실히 요구되는 것도

---

161) 지현배(2004), 『삶의 그림으로서의 시 창작 강의』, 한국문화사, p.13.
162) 정진규(1995), 「좌담: 지역자치 문화자치」, 『시와 반시』 가을호, p.192.

이 때문이다. '한국에서 지역문학의 범위를 제대로 넓혀준 것은, 한반도의 영역을 넘어 이주한 이민문학이었다.'[163] 이민은 지역적으로 한반도 밖의 것이므로 지역적 영역은 넓혀 주는 것은 사실이지만, 현재 문단에서 이민문학이 '지방'이 아닌 지역문학으로 동등한 가치를 평가받고 있는가 하는 문제는 여전히 의문으로 남는다.

지역의 확장과 함께 문학의 생산계층과 수용계층을 구분하지 않는 담당층의 확대, 곧 대중화 운동이 중앙문단을 해체시키며 탈중심화의 동력이 되었다. 80년대 이후 각 지방으로 확산된 소집단운동의 긍정적인 의의는 이것이 '지역문학'의 주체의식 내지 자생의식을 고무한 것이다. 지방문학은 도시문학에 대한 해바라기성 열등의식과 의존성의 흔적을 갖고 있다. 따라서 특수성·독자성의 '지역문학'과 이런 지방문학을 구별할 필요가 있다. 지역문학의 활성화는 중앙문단과 기성문단이 안고 있는 문제들을 극복하는 가장 확실한 대안이다.[164]

지역민의 삶의 모습이 문학작품 속에서 어떻게 녹아 있으며, 그것이 어떤 모습으로 살아 움직이는지에 대한 고찰이 지역문학 연구의 중요한 영역이 된다. 그런 점에서 지역

---

163) 김윤규(2002), 「안 떠나지는 한국 — 재미 한인소설이 가진 첫째 갈등」, 『사람의 문학』 여름호, p.222.
164) 김준오(1997), 「한국 시단, 무엇이 문제인가」, 『시와 반시』 겨울호 p.186.

에 뿌리를 둔 문학운동은 배타적 지역주의나 분파주의와는 구별될 수 있고, 지역의 문학 혹은 문학 운동의 특성은 곧 한국문단에서 중요한 한 부분이 된다. 지역의 문단이 한편으로 한국문단에 신선한 자양분을 제공하면서 한편으로는 새로운 변화의 동인이 된다는 점에서 그 중요한 가치를 평가할 수 있다. 이런 점에서 각 지역의 고유한 정서와 문학적 전통을 한국 문학 전체의 보편적 전통으로 승화시키는 노력, 중앙 집중화의 한계를 극복하고 각 지역문학이 조화와 균형의 관계를 잃지 않는 노력이 함께 요구된다.

지역문학은 그 지역의 구체적인 삶의 모습을 담아내는 것이어야 한다. 그곳을 삶의 터전으로 살아가는 사람들의 땀방울과 희열, 고뇌와 보람 등을 그리고 있는 것이 '지역문학'으로서의 가치를 더하는 것이라고 하겠다. 그런 점에서 포항지역의 문학은 나름대로 그 역할을 다하기 위해 부단히 노력하고 있음을 발견할 수 있다. 문예아카데미와 백일장 등 각종 행사를 개최하는 것, 여러 단체에서 문예지를 간행하는 것, 그리고 무엇보다도 살아 있는 정신을 위해 부단히 노력하는 모습은 포항문학의 미래를 밝게 하는 것으로 평가된다. 포항문학의 자취를 들추고, 포항문학이 일군 알맹이의 가치를 찾는 것은 포항문학이 한국문학사의 한 영역이기 때문이기도 하지만, 무엇보다 포항을 삶터로 하고 있는 지역민의 정신사의 바탕이 되기 때문이다.

8.5. 지역문학으로서의 포항문학

　포항지역의 근대 문단사는 문단의 태동과 성장, 그리고 문단의 정립, 문단의 활성화로 크게 나누어진다. 포항의 문단의 태동과 성장은 한흑구 선생과 손춘익 선생을 중심으로 이루어졌다. 그리고 포항 문단이 정립된 시기는 1981년 『포항문학』의 창간으로부터였다. 또한 문학 저변의 확대와 문단의 활성화는 「이웃과 시」, 「형상수필문학회」, 「비화시조문학회」, 「포스코문학회」 등의 동인 활동을 통해서 이루어졌다.

　포항의 문단을 그 간행물을 중심으로 살펴볼 때, 신흥 공업도시로서의 포항의 성장사가 잉태하고 있는 밝은 면과 어두운 면을 포항의 문학이 담아내려 한 노력을 발견할 수 있었다. 그리고 포항의 문인들이, 지역민의 삶의 체취를 '문학작품'으로 창작하는 것이 곧 지역민의 삶을 '기록'으로 남기는 작업이라고 인식하고 있다는 점이 특징으로 드러났다. 지역의 문인들은 문학작품이 삶의 기록이며, 작품 창작을 통해서 삶의 역사를 써 간다는 인식을 강하게 하고 있다는 점에서, 포항의 문학은 문학사이면서 문화사이고, 이는 곧 지역의 정신사로 확대됨을 발견할 수 있었다.

　교통과 통신의 발달은 행정, 경제의 부문뿐만 아니라 문화적 환경과 결과물의 중앙 집중을 가져왔다. 그 결과 서울

문학이 곧 한국문학이 되는 문학사의 왜곡을 초래하였고, 이는 크게 개선되지 않고 있다. 이런 서울중심주의는 결국 한국문학 전체의 빈곤을 초래할 수 있다. 각 지역은 각 지역의 언어와 문화와 풍습과 삶의 양태에 따라 각 지역의 문학을 생산하고, 이를 향유하며, 이들이 서로 활발히 소통하는 길을 찾는 것은 이런 이유 때문이다. 만약 지난 시기에도 각 지역 고유의 전통을 형성하지 못하고 지금과 같은 문화적 획일성이 강조되었더라면, 우리는 지금보다 훨씬 빈약한 문학적 유산을 마주하게 되었을 것이다.

각 지역이 그 나름의 문학사를 가지고 있는 것은 한국문학사를 풍부하고 의미 있게 하는 축복이다. 그리고 이것은 우리가 추구하는 미래의 문화가 독창적 다양성을 지향해야 함을 보여주는 것이기도 하다. 포항 문단이 나름의 뚜렷한 소명의식을 가지고 지속적인 문학 활동을 펼치면서 문학 저변 확대와 문학 발전을 위해 걸어온 자취가 앞의 논의에서 확인되었다. 이런 점에서 포항지역 문단은 지역문학으로서의 나름의 역할을 수행하면서 독특한 색깔로 피어나고 있는 것으로 평가된다.

참고문헌

1. 자료

한국교육개발원(1984), 인문계 고등학교 국어 1.
한국교육개발원(1985), 인문계 고등학교 국어 2.
한국교육개발원(1986), 인문계 고등학교 국어 3.
한국교육개발원(1984), 인문계 고등학교 국어 교사용 지도서 1.
한국교육개발원(1985), 인문계 고등학교 국어 교사용 지도서 2.
한국교육개발원(1986), 인문계 고등학교 국어 교사용 지도서 3.
서울대학교 사범대학 1종 도서 연구개발위원회(1990), 고등학교 국어
(상).
서울대학교 사범대학 1종 도서 연구개발위원회(1990), 고등학교 국어
(하).
서울대학교 사범대학 1종 도서 연구개발위원회(1990), 고등학교 국어
교사용 지도서(상).
서울대학교 사범대학 1종 도서 연구개발위원회(1990), 고등학교 국어
교사용 지도서(하).
서울대학교 국어교육연구소(1997), 고등학교 국어(상).
서울대학교 국어교육연구소(1997), 고등학교 국어(하).
서울대학교 국어교육연구소(1997), 고등학교 국어 교사용 지도서(상).
서울대학교 국어교육연구소(1997), 고등학교 국어 교사용 지도서(하).
서울대학교 국어교육연구소(2002), 고등학교 국어(상).
서울대학교 국어교육연구소(2002), 고등학교 국어(하).
서울대학교 국어교육연구소(2002), 고등학교 국어 교사용 지도서(상).
서울대학교 국어교육연구소(2002), 고등학교 국어 교사용 지도서(하).
문교부(1981), 고등학교 교육과정.

교육부(1992), 고등학교 교육과정Ⅰ.

교육부(1995), 고등학교 국어과 교육과정 해설.

교육부(2002), 고등학교 국어과 교육과정 해설.

천시권(1987), 『경북대신문 축쇄판』 제5권, 경북대신문사.

천시권(1987), 『경북대신문 축쇄판』 제6권, 경북대신문사.

김익동(1992), 『경북대신문 축쇄판』 제7권, 경북대신문사.

노동일(2008), 『경북대신문 50년사』, 경북대학교.

김달웅(2006), 『경북대학교 60년사』, 경북대학교.

2. 연구논저

강상현 외(1995), 『대중매체의 이해와 활용』, 한나래.

강현국(1995), 「좌담, 지역자치 문화자치」, 『시와 반시』 통권 14호.

강현국(2002), 「시 감상의 실제」, 『대학 국어』, 형설출판사.

강형철·안도현 편(1998), 『섬 하나로 떠 있는…』, 푸른숲.

고은 편(1987), 『민족시가』, 도서출판 동아.

곽병선(1996), 『오늘의 책』 통권 11호.

구석본(1996), 「대신할 수 없는 아픔」, 『대구 도시가스 폭발사고 희생 학생 추모문집 – 아! 그날 우리는』, 영남중학교 추모문집 편집 위원회.

김교봉(2004), 「한국전쟁기 소설에 나타난 가족 해체의 가족주의적 의미」, 『어문학』, 한국어문학회.

김도연(1984), 「장르의 확산을 위하여」, 백락청·염무웅, 『한국문학의 현단계 Ⅳ』, 창작과 비평사.

김매식(2004), 「고등학교국어(상) 교과서 수록 문학작품 선정 기준 개선 방향 연구–7차 교육과정 시 작품을 중심으로」, 여수대학교 석사학위논문.

김선배(1998), 『시조 문학 교육의 통시적 연구』, 도서출판 박이정.

김양희(2001), 『매체의 변화에 따른 시 변화 양상 연구』, 한양대학교 박사학위논문.

김언동(2005), 「국어시간, 미디어 교육을 위한 새로운 풍경들」, 『국어 교육연구』 제37집, 국어교육학회.

김영숙(2003), 「고등학교 국어 교과서 현대시의 통시적 고찰」, 한국교
    원대학교 대학원 석사학위논문.
김영순 외(2004), 『문화, 미디어로 소통하기』, 논형.
김윤규(2001), 「포항고전문학사 시론」, 『포항문학』 21호.
김윤규(2002), 「안 떠나지는 한국 - 재미 한인소설이 가진 첫째 갈등」,
    『사람의 문학』 34호.
김윤수외 편(1982), 『한국문학의 현단계 I 』, 창작과 비평사.
김윤식(1983), 『한국근대문학과 문학교육』, 을유문화사.
김은전 외(2001), 『현대시 교육의 쟁점과 전망』, 도서출판 월인.
김이상(1996), 「중등학교 시 수업의 문제점 및 개선 방안」, 『한국문학
    의 새로운 인식』, 세종문화사.
김잔디(1999), 「고등학교 시학습 내용에 대한 비판적 고찰」, 고려대학
    교 석사학위 논문.
김종인(1999), 「포항 영일지역의 가사문학」, 『포항문학』 8호.
김준오(1990), 『한국현대 장르비평론』, 문학과 지성사.
김준오(1997), 「한국 시단, 무엇이 문제인가」, 『시와반시』 통권 22호.
김지연(2001), 「시를 활용한 한국어교육의 실제」, 『한국어 교육』 12 - 2,
    국제한국어교육학회.
김지하(1993), 『결정본 김지하 서전집1』, 솔.
김지하(2004), 「사이버 시대의 생태학적 전망」, 『사이버 시대와 시의
    운명』, 북하우스.
김학수(1986), 『현대 교수 학습론』, 교육과학사.
나아가는문학 편집부(1987), 『나아가는 문학』 2집, 그루.
문성학 외(2005), 『근현대 대구·경북지역 사회 변동과 사회운동 II 』,
    정림사.
문성학 외(2005), 『근현대 대구지역문학의 흐름과 특성』, 정림사.
문성학 외(2005), 『대구지역 학생운동의 발생과 전개』, 경북대학교 인
    문과학연구소 대형과제연구단.
문학교육연구회(1987), 『삶을 위한 문학교육: 현장교사들이 분석한 국
    어교과서』, 연구사.
민현기(1995), <교수열전·5>, 『사람의 문학』 통권 7호.
민현기(2003), 「대구 지역문학운동의 역사적 성격과 그 활성화 방법

연구」, 『어문학』 80집.

박기훈 편(1992), 『사실주의 서정시 강좌』, 도서출판 이웃.

박영목 외(1997), 『국어과 교수 학습 방법 탐구』, 교학사.

박영목 외(2004), 『국어교육학 원론(제2판)』, 도서출판 박이정.

박영희(2000), 「변방, 그 중심의 실체」, 『사람의 문학』, 통권 28호.

박우현(1987), 「열린 교과선관과 교사의 자리찾기」, 『나아가는 문학』 2집, 그루.

박일천(1967), 『日月鄕誌』, 일월향지편찬위원회.

박찬기 외(1992), 『수용미학』, 고려원.

박창원(1997), 「포항지역 노동요의 전승양상」, 『포항사회의진단과 전망 2』, 포항지역사회연구소.

박창원(2000), 『포항지역 구전민요』, 포항문화원.

분단시대 동인(1985), 『민중의 희망을 노래하라』, 학민사.

분단시대 동인(1985), 『이 더움을 사르는 끝없는 몸짓』, 온누리.

사람의문학 편집부(1994), 『사람의 문학』 창간호.

서정우(1984), 「대학현실과 대학신문」, 『대학신문의 현재와 미래』, 전국대학신문주간교수협의회.

서정우(1994), 「대학문화의 창달과 대학신문의 역할」, 『대학신문의 현재와 미래』, 전국대학신문주간교수협의회.

서정주(1972), 『서정주 문학 전집』, 일지사.

손석춘(1994), 『신문편집의 철학』, 풀빛.

손석춘(1997), 『신문 읽기의 혁명』, 개마고원.

손춘익 외(1988), 「좌담: 지역문학, 그 현황과 전환」, 『포항문학』 8호.

송백헌(1994), 「대학언론과 지역문화」, 『대학신문의 현재와 미래』, 전국대학신문주간교수협의회.

시와반시 편집부(1992), 『시와 반시』 창간호, 시와 반시사.

신헌재 외(1997), 『학습자 중심의 국어 교육』, 도서출판 박이정.

심원섭(2000), 「교육 현장에서 본 고등학교 시 교육의 문제점들－국어 교과서 수록 시 작품을 중심으로」, 『관동대학교 교육과학논문집』 6집.

안병관(1989), 「중・고 국어교과서에 수록된 현대시의 변천 연구」, 경북대학교 대학원 석사학위논문.

양선규(2005), 『코드와 맥락으로 문학 읽기』, 청동거울.

영일군사편찬위원회(1990), 『영일군사』, 영일군.

유영천(1987), 『한국의 유민시』, 실천문학사.

육봉수 외(1989), 「좌담: 노동현장, 그 생생한 삶의 목소리」, 『포항문학』 9호.

윤여탁(1994), 『리얼리즘시의 이론과 실제』, 태학사.

윤일현(1995), 「신오적의 불꽃놀이」, 『사람의 문학』 통권 7호.

이상우 외(1993), 『현대 신문 제작론』, 나남.

이선영·박태상(1994), 『문학비평론』, 한국방송통신대학출판부.

이승훈 편(1995), 『문학상징사전』, 고려원.

이정민(1998), 「고등학교 국어교과서에 수록된 현대시연구」, 순천향대학교 대학원 석사학위논문.

이종암(1996), 「포항 지역문학의 현황과 전망」, 『사람의 문학』 10호.

이혜원(2004), 「디지털 시대와 시의 대응 방식」, 『어문학』 86집, 한국어문학회.

임경순(2000), 「자아정체성 형성과 이야기 교육」, 『문학교육학』 제5호, 태학사.

임형택 편역(1992), 『이조시대 서사시』, 창작과 비평사.

정대현 외(2000), 『표현인문학』, 생각의 나무.

정만진(1996), 『별헤는 밤』, 도서출판 사람.

정준섭(1995), 『국어과 교육과정의 변천』, 대한교과서 주식회사.

정진규(1995), 「좌담: 지역자치 문화자치」, 『시와 반시』 14호.

정진석(1994), 「다변화시대의 대학신문 위상과 역할」, 『대학신문의 현재와 미래』, 전국대학신문주간교수협의회.

정현선(2004), 『다매체 시대의 국어교육과 문화교육』, 역락.

정효구(2001), 『시 읽는 기쁨』, 작가정신.

제임스 레머트, 채백 옮김(1992), 『언론비평, 어떻게 할 것인가』, 한나래.

조지훈(1996), 『시의 원리: 조지훈 전집』 2권, 나남출판.

지현배(1992), 「한국 현대장시 연구」, 경북대학교 대학원 석사학위논문.

지현배(2004), 「1980-90년대 대구지역 시에 나타난 현실 대응 양상」, 『선주논총』 제7집, 선주문화연구소.

지현배(2004), 『삶의 그림으로서의 시 창작 강의』, 한국문화사.

지현배(2004), 『윤동주 시의 세계; 영혼의 거울』, 한국문화사.

지현배(2007), 「경북대신문 축시에 담긴 1980년대의 메시지」, 『문학과 언어』 제29집, 문학과언어학회.

차봉희 편저(1985), 『수용미학』, 문학과 지성사.

천수진(2003), 「학습자 중심 현대시 지도방안 연구」, 단국대학교 석사 학위논문.

최광호(1978), 『기상통보(氣象通報)』, 시문학사.

최연대(2002), 「7차 교육과정 고등학교 교과서의 현대시 지도방안에 관한 연구」, 울산대학교 대학원 석사학위논문.

최운식 외(1986), 『문학교육론』, 집문당.

최현섭(1988), 소설 교육의 사적 고찰, 성균관대학교 대학원 석사학위 논문.

포항문학사(1987), 『포항문학』 창간호.

포항문학사(2000), 『포항문학』 20호.

포항시사편찬위원회(1987), 『포항시사』, 포항시.

하재영(2002), 「청보릿빛 육필시대의 포항문학 이야기」, 『포항문학』 22호.

한형수(1994), 「대학신문의 자유와 책임」, 『대학신문의 현재와 미래』, 전국대학신문주간교수협의회.

홍기삼(1975), 「한국서사사의 실제와 가능성」, 『문학사상』 3월호, 문학 사상사.

홍장학(2004), 『정본 윤동주 전집 원전 연구』, 문학과지성사.

황은비(2005), 「영상시 제작을 통한 '미디어로서의 시' 교육」, 『국어교 육연구』 37집, 국어교육학회.

데이비드 버킹엄, 기선정 외 옮김(2004), 미디어 교육 – 학습, 리터러시, 그리고 현대문화, jNBook.

빌헬름 딜타이, 김병욱 외역(1991), 『문학과 체험』, 우리문학사.

클로테르라파이유, 김상철·김정수 옮김(2007), 『컬처 코드』, 리더스북.

찾아보기

지현배

┃약 력

경남 마산에서 태어나 남해 바다의 품에서 자랐고, 마산고등학교를 졸업하고, 국어 선생님이 되고자 경북대학교 국어교육과에 진학했다.

「윤동주 시의 의식현상학적 연구」로 문학박사 학위를 취득하고, 「김춘수의 손」 등을 추천받아 『문학예술』을 통해 시인으로 등단했다.

경북대신문사 편집간사와 업무국장으로 일했고, 울산대학교·안동대학교·금오공과대학교·대구교육대학교·경북대학교 등에서 강의했다.

┃저 서

『실용 작문』(공저), 『한국의 언어와 문화』(공저), 『디지털 시대의 독서와 작문』, 『독서와 작문 커뮤니티』, 『국어 규범과 문장 연습』 등을 썼다.

한국 현대시 관련 분야를 공부하며 『윤동주 시의 세계』, 『시 읽기와 시 교육』, 『시 창작 강의』, 『윤동주 시 읽기』 등의 연구서를 출간했다.

지역문학 관련 『근현대 대구지역문학의 흐름과 특성』(공저), 『근현대 경북지역문학의 흐름과 특성』(공저), 『대구·경북 시인의 코드』 등의 책을 냈다.

시 교육과
시 읽기 현장

초판인쇄 | 2009년 12월 30일
초판발행 | 2009년 12월 30일

지 은 이 | 지현배
펴 낸 이 | 채종준
펴 낸 곳 | 한국학술정보㈜
주   소 | 경기도 파주시 교하읍 문발리 파주출판문화정보산업단지 513-5
전   화 | 031) 908-3181(대표)
팩   스 | 031) 908-3189
홈페이지 | http://www.kstudy.com
E-mail | 출판사업부 publish@kstudy.com
등   록 | 제일산-115호(2000. 6. 19)

ISBN   978-89-268-0692-0 03810 (Paper Book)
       978-89-268-0693-7 08810 (e-Book)

이담
Books 는 한국학술정보(주)의 지식실용서 브랜드입니다.